HERBERT
ROSENDORFER

»Ich beginne, an der Nichtexistenz Gottes zu zweifeln ...«

Herbert Rosendorfer im Juni 2012

HERBERT ROSENDORFER

»Ich beginne, an der Nichtexistenz Gottes zu zweifeln ...«

LETZTE GESPRÄCHE
Herausgegeben von
Julia Rosendorfer und
Paul Sahner

Mit 23 s/w-Fotos sowie
zahlreichen Zeichnungen
und Faksimiles

Langen*Müller*

Bildnachweis

Julia Rosendorfer: S. 61, 90, 94, 95, 121
Ulli Skoruppa: S. 2, 10, 16, 25, 32, 38, 55, 60, 72, 79, 85

Alle anderen Fotos und Faksimiles: Privatarchiv Julia Rosendorfer

MIX
Papier aus verantwortungsvollen Quellen
FSC® C014496

Umschlaggestaltung: Wolfgang Heinzel
Umschlagmotiv: getty-images, München
Satz: EDV-Fotosatz Huber/Verlagsservice G. Pfeifer, Germering
Gesetzt aus Adobe Garamond 12pt/15,75pt
Druck und Binden: GGP Media GmbH, Pößneck
Printed in Germany
Auch als ebook

ISBN 978-3-7844-3332-5

www.langen-mueller-verlag.de

Für Cosima, Constantia, Jacob und Sebastian

Für Martina

INHALT

Die letzten Bitten

Einen ganz einfachen Sarg, nur Bretter, das Kreuz, das bei uns im Wohnzimmer hängt, drauflegen. (Aber nicht mitverbrennen.) Unbedingt FEUER-BESTATTUNG.
Ein stilles, lateinisches Requiem im Sinn eines Wortgottesdienstes. KEIN Gemeindegesang. Mein Freund P. (Pater) Urban Stillhard OSB hat mir versprochen, daß er den Gottesdienst halten wird, wenn er Zeit hat.*
An Musik nur vorher der langsame Satz aus dem Streichquartett von Giuseppe Verdi, zum Schluß den langsamen Satz aus Schuberts »Tod und das Mädchen«.
Danach ein einfaches Totenmahl. Vielleicht sind Heini und Dieter behilflich.
Nur EINE Rede, entweder Ferruccio oder Frau Dr. Hosp, oder Prof. Locher oder Frau Dr. Vescoli, wer halt Zeit hat. Ein kurzer Gruß des Bürgermeisters wäre schön.

Herbert Rosendorfer
3. Februar 2012
am 16. Geburtstag Cosimas

* OSB: Ordo Sancti Benedicti, »aus dem Orden des Hl. Benedikt«

Die letzten Bitten:

Einen ganz einfachen Sarg, nur Bretter, das Kreuz, das bei uns im Wohnzimmer hängt, drauflegen. (Aber nicht mitverbrennen.) Unbedingt Feuerbestattung.

Ein stilles, lateinisches Requiem im Sinn eines Wortgottesdienstes. Kein Gemeindegesang. Mein Freund P. Urban Stillhard OSB hat mir versprochen, daß er den Gottesdienst halten wird, wenn er Zeit hat.

An Musik nur vorher der langsame Satz aus dem Streichquartett von Giuseppe Verdi, zum Schluß den langsamen Satz aus Schuberts „Tod und das Mädchen“.

Danach ein einfaches Totenmahl. Vielleicht wird Heini und Dieter behilflich.

Nur eine Rede, entweder Fernuccio oder Frau Dr. Kopp, oder Prof. Locher oder Frau Dr. Vescoli, wer halt Zeit hat. ~~Aber~~ Ein ~~ein~~ kurzer Gruß des Bürgermeisters wäre schön.

Hubert [illegible]

3. Februar 2012

am 16. Geburtstag Corinnas

Herbert Rosendorfer im Interview mit Paul Sahner

PROLOG

Manche Dinge entwickeln sich von selbst. Beschleunigt zum Ziel führen sie, wenn man zum richtigen Zeitpunkt den richtigen Menschen trifft. So entstand dieses Buch.
Hätte ich jenes andere Buch nicht gelesen, damals im März 2012, hätte ich Herbert Rosendorfer vermutlich nie kennengelernt. Ich saß, nach diversen Anwendungen und Fitnessfoltern, auf einer grandiosen Panorama-Terrasse am Tegernsee, Medical Park St. Hubertus, und erholte mich von meiner Hüftoperation. Die Sonne schien zur Mittagszeit aus wolkenlosem Himmel, und ich war gerade auf der Seite 78 des Millionen-Bestsellers *Briefe in die chinesische Vergangenheit* von Rosendorfer angelangt:

»Hatten wir je das Bedürfnis, ja überhaupt ein Vorstellungsvermögen davon, dass sich im Wesentlichen etwas ändern könnte? Die Großnasen hier schon. Sie kennen, obwohl ihr Weltbild kugelförmig ist und sie ihre Erde kreisbewegt sehen, keinen Kreislauf, sie kennen nur die dümmliche gerade Linie. Ich habe das Gefühl: für sie verläuft der Lebensweg des Menschengeschlechts in einem schnurstrackigen Weg, und sie sind nur damit beschäftigt, davor zu zittern, wo dieser Weg hinführt.«

Aus meinem Kopfhörer klimperte – passend zur Lektüre – Lang Lang, den ich vor einiger Zeit in Berlin interviewt hatte. Rosendorfer? Nein, Losendolfel kenne er nicht. Aber meine knappe Inhaltsangabe des Romans gefiel dem Pianisten.

Ich klappte das Buch zu, blickte auf den See und träumte vor mich hin. Dann kam sie. Sportlich im Jogginganzug. Wir stellten uns vor. Lilo Waldthaler sagte: »Ich lebe in Bozen.« Ich sagte: »Ich bin Münchner.« Die Gynäkologin fragte: »Knie?« Ich antwortete: »Hüfte!« Sie nickte: »Ich auch.« Was ich da lese, wollte sie wissen, ich würde so entspannt aussehen. »*Briefe in die chinesische Vergangenheit*«, sagte ich. Sie lachte, erzählte, dass sie dieses Buch schon dreimal gelesen hätte und, na ja, sie sei mit Herbert Rosendorfer und seiner Frau Julia, die in Eppan bei Bozen lebten, gut befreundet.
Am nächsten Tag sagte Lilo, sie hätte mit Herbert gesprochen, er würde mich gern kennenlernen, mit

mir über sein Leben sprechen. Seltsam, dachte ich, nie hatten sich unsere Wege gekreuzt, obwohl wir beide viele Jahrzehnte in München gelebt hatten: Er, der große Schriftsteller, und ich, der neugierige Reporter. Ich hatte viel von ihm gelesen, aber wenig über ihn. War er ein Zugeknöpfter? Mied er die Medien? Sein Werk hatte mich fasziniert, als Mensch blieb er mir fern. Anders als beispielsweise Martin Walser, den ich jedes Jahr am Bodensee besuche, um mit ihm über Gott und die Welt zu sprechen, über seine Frau, die vier Töchter, ja sogar über Jakob Augstein, der sich als sein Sohn geoutet hatte.
Genug über Martin Walser.

08. Juni 2012: Besuch bei Herbert Rosendorfer. Als er das knarzende Tor zu seinem Domizil, dem Ansitz Massauer in Eppan an der Weinstraße, öffnete, fest meine Hand drückte, mich sekundenlang mit melancholischem Blick musterte, dann so federnd die uralte Steintreppe nahm, dass ich schon beim Zuschauen nach Luft rang, hatte ich vergessen, wie schonend seine Frau Julia mich tags zuvor am Telefon auf das Treffen vorbereitet hatte: »Mein Mann ist ein Kämpfer, der es mit seinem gefährlichsten Gegner zu tun hat. Mein Mann hat Krebs.«

Nun aber: 30 Grad im Schatten, azurblauer Himmel über dem Herrgottswinkel, leicht erfrischende Brise von den Bergen. Julia Andreae, 30 Jahre jünger als ihr Mann und sehr erotisch, was er sichtlich genoss, tischte Kaffee und Kuchen auf. Rosendorfer aber erzählte aus seinem spannenden Leben, das ihn vom Amtsrichter in München zu einem der erfolgreichsten Schriftsteller der deutschen Sprache katapultiert hatte. Oder über die Großmutter: »Sie wuchs auf in einem winzigen Haus, zusammengefügt aus Balken. Elf Kinder. Als Neunjährige wurde sie von ihrer Mutter in die Schweiz geschickt, als Hilfsküchenmädchen, musste das Klosett putzen. Für die Saison hat sie einen Franken gekriegt, den hat sie heimgebracht und abgegeben.«

Rosendorfer sprach von seinem erfüllten Leben. Drei Kinder aus vergangenen Ehen, eine schöne, gesunde Frau: Julia, die ihm die nun 16-jährige Tochter Cosima geschenkt hat.

Julia, die Bücher schreibt wie ihr Mann, unterbrach ihn: »Gerade hat unsere Tochter einen Schulaufsatz verfasst, der ihre Lehrerin so begeistert hat, dass sie mir eine SMS schickte.«

Mich, der in seinen Büchern neben Satire und Scherz auch viel Zynismus entdeckt, interessierte, wie er Menschen sieht. Rosendorfer energisch: »Ich liebe im Großen und Ganzen jeden einzelnen Menschen, den ich näher kennenlerne, mit Ausnahmen. Aber die Menschheit insgesamt betrachte ich doch ein bisschen als Ungeziefer, weil sie die Welt, unsere Erde, zerstört.«

Könnte es sein, dass Gott die Gebete der Menschen nicht mehr erhört? Ach, sagte Herbert Rosendorfer, er bete jeden Tag: »Lieber Gott, ich bitte dich, dass es dich gibt.«

Julia Rosendorfer

MOMENTE IN ZEITLUPE

Oft scheint es einem, als liefe das Leben im Zeitraffer ab. Alltägliches, Routine und sich wiederholende Begebenheiten lassen den Zug des Lebens scheinbar immer schneller dahinrasen. Doch manchmal treiben alles verändernde Ereignisse Keile in den Kreislauf und schaffen Zäsuren, die innehalten lassen. Jene Ereignisse, die das Innerste der menschlichen Seele treffen, die das Gerüst des Lebens ins Wanken bringen, stehen ganz im Gegensatz zum gewohnten Zeitempfinden. Emotional tief Bewegendes bleibt gleich einem Film in Zeitlupe in Erinnerung, die Abläufe Bild für Bild messerscharf.

19. September, gegen Abend. Ich besuche Herbert im Krankenhaus. Er ist in einer heiter gelassenen Stimmung, geschwächt freilich, das Sprechen strengt ihn sehr an. Herbert sagt mir, ich müsse nun nach Hause fahren, damit Cosima nicht ihre Lieblingssendung *The Mentalist* verpasse. Gedanken an völlig

Alltägliches. Es wirkt so beruhigend, »Normalität«, gleich einem Signal, dass alles in Ordnung sei. Ich fahre zu Cosima. Es berührt auch sie, dass ihr Papi in seinem Zustand sich ihrer Rituale erinnert. Wir gehen zuversichtlich zu Bett.

20. September, am Morgen. Herbert ruft mich an. Er bittet mich, ihm Apfelsaft und seine Kleidung zu bringen. Die Kleidung, um »dann« gehen zu können. Ich fahre ins Krankenhaus. Herbert hat starken Durst, ich gebe ihm zu trinken. Er fragt, ob ich seine Kleidung mitgebracht habe, möchte, dass ich sie in seinen Schrank lege. Herbert ist müde, möchte ein wenig schlafen. Er bittet mich, später eine Apfelschorle mitzubringen.
Ich mache mich wieder auf den Heimweg, um eine Stunde später erneut loszufahren. Im Auto, kurz vor dem Krankenhaus, ein Anruf. Der Blick auf das Display zeigt mir die Nummer des Krankenhauses. Das Herz beginnt zu rasen. Ich solle kommen, sagt mir die Schwester. Der Aufzug in den 7. Stock braucht gefühlt eine Ewigkeit. Das Zeitgefühl verschiebt sich, wie stets in entscheidenden Momenten. Wir haben die Zeit erfunden und sind ihr seitdem ausgeliefert. Ich verlasse den Aufzug, mein Blick fällt in den langen Gang. Herberts Zimmer befindet sich fast am Ende. Von diesem Augenblick an verändert

sich meine Wahrnehmung, als sei ein Schalter umgelegt. Ich sehe die Ärzte und die Schwester vor dem Zimmer stehen. Sie warten auf mich. Ich weiß, was sie mir sagen werden, ich muss dennoch weitergehen, den Gang entlang auf das nicht mehr Abzuwendende zu. Der Arzt nimmt mich in den Arm, nun kommen sie, diese Worte: »Ich muss Ihnen leider sagen, dass Ihr Mann verstorben ist.« Ein Vakuum entsteht im Kopf. Dass »verstorben« »tot« bedeutet, kommt nicht sofort im Verstand an. Man bringt mir einen Stuhl und das berühmte Glas Wasser, das zusammen mit den passenden Worten tatsächlich hilft. Wasser, Element des Lebens.

Ich sitze vor dem Zimmer, in dem mein Mann liegt. Tot. Was bedeutet dies? Ich werde ihn gleich sehen. Mit Schwester und Arzt betrete ich den Raum. Herbert liegt im Krankenbett, genau wie eine Stunde zuvor. Ist er nun ein Toter? Er, der eben noch Apfelsaft trinken konnte, der eben noch die Fähigkeit hatte zu sprechen, zu sehen, zu hören? Er sieht doch aus wie gerade noch. Warum soll er nun nicht mehr antworten können? Ich möchte ihm sagen, dass ich ihm seine Apfelschorle mitgebracht habe. Tot bedeutet, nichts mehr sagen zu können, keine Antwort mehr geben zu können. Es bedeutet auch, keine Antwort mehr zu erhalten. Er wird die Kleidung, die ich ihm brachte, nicht mehr anziehen können. Er ist da und kann mich nicht hören, er hört nicht die Worte der liebevollen Schwester, nicht die des Arztes. Das Gesicht friedlich und entspannt, kein Leid. Er liegt da, spürt nicht, dass man ihm die Augen schließt, für immer. Wie kann man da sein und nicht mehr hören können, nie wieder? Der Gedanke ist erschlagend, beklemmend. Warum darf er nun seinen Saft nicht mehr trinken? Er kann nichts mehr machen, man kann nichts mehr tun. Das erste Gefühl der Trauer: dass er nicht mehr teilhaben kann. Er muss da liegen. Doch sein Ausdruck sagt mir, es mache ihm nichts aus. Mit der friedvollen Gelassenheit der letzten Monate ist er aus dem Leben geglitten.

Der Arzt bittet mich, meine Tochter zu holen. Ein einschneidender Moment im Leben des Kindes wird nun kommen. Mein Kind sitzt am Bett des Vaters, Bilder, die sich einbrennen werden. Wir halten ihm noch einmal die Hand. Sie ist noch ganz warm vom Leben, das ihn nun verlassen hat. Das Leben ist weg, hat ihn so zurückgelassen. Herbert liegt vor uns mit seinem friedlichen Gesicht und ohne sein Leben. Er weiß nun nicht mehr um unseren Händedruck, doch ist es ein für uns essenziell wichtiger Moment, ein Abschied, den man niemals nachholen könnte. Wir verlassen das Zimmer. Lassen wir ihn allein? Sein Gesicht bleibt voller Frieden.

Das menschliche Gehirn ist ein Uhrwerk. Es läuft einfach weiter in solchen Situationen. Trickst uns aus, wobei dies bereits ein Paradoxon ist – oder kann man von sich selbst ausgetrickst werden? Wir stehen auf der Straße, vor dem Krankenhaus. Das Wetter ist schön, Menschen eilen herum, reden, lachen, sind besorgt – leben. Wir sind in Schloss Korb verabredet zum Mittagessen. Absurderweise können wir pünktlich auf die Minute dort erscheinen. Doch ist nun alles anders. Wir fahren dennoch den Berg hoch zum Schloss. Wir müssen nicht viel sagen. Die Freunde erschüttert. Man gibt uns das Mittagsmahl mit. Zu Hause sitzen wir in der Küche, wo nun ein Stuhl für immer leer bleiben wird. India, unsere Katze, legt sich in dem Moment, als wir hereinkommen, auf Herberts Bett, wo sie vier Tage eingerollt verharren wird.

Ich weiß nicht, ob ich mich in der Realität befinde, doch ich weiß, dass nun die unvermeidlichen Anrufe nötig werden.

Ab diesem Moment beginnen die rastlosen Monate. Unzähligen Menschen muss man nun eine schmerzvolle Nachricht überbringen. Der Tod, der Abschluss des Lebens, ist vielleicht das Ereignis, das mehr Aktivitäten nach sich zieht als alles andere. Ein Paradoxon, das die Trauernden rettet.

Doch nichts und niemand kann einen vor den Bildern, die die Nacht einem aufbürdet, bewahren. Sie schwappen, einem Tsunami gleich, mit ungebremster Wucht über einen hinweg. Der tausendfach beschriebene Gedanke: Wird er auch wirklich nicht frieren? Der Gedanke macht mich verrückt. Ich fahre am nächsten Tag nochmals ins Krankenhaus. Menschen strömen hinein und hinaus, besuchen ihre Angehörigen. Doch ich muss in die Aufbahrungshalle zu den Stillen, die ihre Geschichten nur noch in den Köpfen anderer erzählen können.
Herbert liegt da, bereits eingekleidet in seinem schwarzen Anzug, mit weißem Hemd und der bunten Seidenkrawatte, die seine Enkelin ihm machte. Würdevoll, elegant sieht er aus. Korrekt gekleidet wie stets. Ich muss mich versichern, dass ihn nicht friert. Sein Gesicht friedlich wie zuvor. Nein, er kann nicht frieren.

DAS LETZTE INTERVIEW

Paul Sahner: *Höchste Zeit, dass wir uns endlich kennenlernen. Einige Ihrer Bücher haben mich fasziniert. Man liest viel von Ihnen, aber wenig über Sie.*

Herbert Rosendorfer: Darum sind Sie ja hier. Reden wir. Noch ist Zeit.

Über Martin Walser weiß ich fast alles. Regelmäßig besuche ich ihn am Bodensee.
H.R.: Ja, Walser verkauft sich gut. Ich bin ein Geheimtipp. Ich habe Millionen Leser. Aber nicht unter den Journalisten. Und nicht unter den Rezensenten. Und daran liegt es wahrscheinlich. Es macht mir inzwischen nichts mehr aus. Früher war das anders. Warum ich da ein bisschen abgerutscht bin, weiß ich nicht, aber mit den Auflagen bin ich zufrieden. Und jetzt kommen die *Briefe in die chinesische Vergangenheit* in einer wunderschönen Jubiläumsausgabe heraus.

Herr Rosendorfer, lassen Sie uns ein wenig über Ihre Vorfahren sprechen.
H.R.: Das ist ein bisschen kompliziert. Also, mein Großvater ist aus Oberösterreich hierhergekommen. Die Rosendorfer stammen aus dem Salzkammergut. Aber schon mein Großvater ist hier ansässig geworden.
Die südtirolerische Wurzel ist meine Großmutter. Die stammt aus dem oberen Vinschgau. Dort, wo die steinernen Dämonen immer noch hausen und immer noch regieren. Und wo der schreckliche Jochwind herunterpfeift.

Kommen wir zu Ihnen. Warum mischen Sie sich so wenig ein? Böll hat sich politisch engagiert. Martin Walser und Günter Grass geben gern ihren Senf dazu. Viele Ihrer Kollegen bringen sich ein, nutzen die Medien als Forum.
H.R.: Was ich zu sagen habe, steht in meinen Büchern. Ich passe da nicht in die Landschaft. Martin Walser halte ich für einen guten, großen Schriftsteller, von dem ich aber wenig gelesen habe, weil ich fast keine Gegenwartsliteratur lese. Aber ich habe jetzt gerade das erste Mal in meinem Leben *Vor dem Sturm* von Fontane gelesen. Dafür gebe ich die ganze deutsche Literatur des 20. Jahrhunderts her. Also diese Sprache …

Herbert und Julia Rosendorfer, Paul Sahner

Sie haben Fontane erst jetzt entdeckt?
H.R.: Nein, nein, nein. Ich habe fast alles von Fontane gelesen. Einschließlich der essayistischen Dinge. Nicht nur einmal gelesen. Ich habe kurz davor wieder mal die *Effi Briest* gelesen. Also diese Dialoge!
Vor dem Sturm habe ich so vor mir hergeschoben. Nein, nicht hergeschoben, sondern aufgehoben, aufgehoben.

Hemingway soll mal gefragt worden sein, was er sich von einer Fee wünschen würde. Da würde er sich wünschen, Tolstois *Krieg und Frieden* noch einmal, und zwar zum ersten Mal zu lesen. Noch einmal zum ersten Mal zu lesen! Großartig.

Gut. Ich würde sagen zu der Fee, ich möchte gerne das fünfte Klavierkonzert in Es-Dur von Beethoven, das sogenannte Kaiserkonzert, noch einmal zum ersten Mal hören. Wie ich das zum ersten Mal gehört habe … unbeschreiblich.

Am besten vom Schöpfer selber am Klavier.
H.R.: Ja, sicher. Und so ist es mir mit *Vor dem Sturm* gegangen. Da habe ich gedacht, jetzt braucht die Fee nicht mehr kommen. Jetzt lese ich *Vor dem Sturm* zum ersten Mal. Gegenwärtige Literatur lese ich kaum.

Ihre früheren Bücher auch nicht?
H.R.: Nein, wenn sie erschienen sind, hat sich das. Ich lese zwar zwangsläufig bei Lesungen noch einmal und habe einen Bleistift dabei, um Druckfehler zu korrigieren. Aber sonst nicht. Nein.
Wenn so jemand wie Walser von der Presse ordentlich gehätschelt und auf das Podest gehoben worden ist, dann wird er zum Selbstläufer. Dann braucht er ja gar nichts mehr tun. Der Grass muss ja nicht mal mehr was schreiben, der läuft von alleine.

Viele Ihrer Kollegen sind beleidigt, wenn sie von Marcel Reich-Ranicki nicht wenigstens einmal verrissen worden sind.
H.R.: Einmal hat er mich, der Reich, verrissen, und zwar mit meinem zweiten Roman, *Deutsche Suite*. Da hat er geschrieben, er habe gelacht, aber weit unter seinem Niveau.
So boshaft ist er. Ja. Doch dann habe ich ihn geärgert, denn ich bin Eigentümer einer original Reich-Ranicki-Anekdote, die ich von Wolfgang Koeppen habe.

Den RR ja abgöttisch liebt.
H.R.: Ja, ja. Und ich habe Koeppen ganz gut gekannt. Bin öfter mit ihm zum Essen gegangen. Er war ja ein armer Teufel. Er war froh, wenn man ihm

einen Kaffee gezahlt hat. Einmal erzählte er mir diese Geschichte:

»Der Reich-Ranicki ist zu mir gekommen und hat *Tauben im Gras* dabeigehabt. Und er sagte: ›Was ich nie getan habe, jemanden um eine Unterschrift zu bitten, aber bei Ihnen, Herr Koeppen, bitte ich um eine Widmung in dieses Exemplar.‹ Ich sah ihn an, fragte, wann er wieder zurückmüsse. Morgen müsse er fliegen. Ja, dann kommen S' auf dem Weg zum Flughafen bei mir vorbei, lassen S' mir jetzt das Buch da, und ich überlege mir eine Widmung.«

Und dann hat Reich-Ranicki am nächsten Tag das Taxi bei ihm vorbeifahren lassen, und Koeppen hatte das Buch eingewickelt in Zeitungspapier, eine Schnur rumgebunden und hat es ihm in die Hand gedrückt. Und als Reich-Ranicki erwartungsfroh die Widmung las, stand da:

»Für Marcel Reich-Ranicki, herzlichst Wolfgang Koeppen.«

Dazu also hat der Koeppen einen Tag gebraucht. Und diese Geschichte habe ich in einer Erzählung verwendet mit vollem Namen. Und ein böser Redakteur von der *FAZ* hat dann nicht mein Buch dem Reich-Ranicki auf den Schreibtisch gelegt, sondern die Fotokopie von dieser Seite, und da musste der gute Reich die ganze Literatur dieser Saison durchschauen, bis er die verräterische Schreibe gefunden hatte. Er hat nichts gesagt, niemandem irgendwas gesagt.

Er hat auch Sie nicht zur Rede gestellt?
H.R.: Kurz darauf habe ich Reich-Ranicki in Venedig bei einer literarischen Einladung getroffen. Dort hat er einen entsetzlich langweiligen Vortrag über Thomas Mann gehalten. Ich habe das Gefühl gehabt, das war ein Vortrag über irgendjemand anderen, wo er nur den Namen gegen den von Thomas Mann ausgewechselt hat.
Wir haben in benachbarten Hotels gewohnt. Und ich bin am nächsten Tag in sein Hotel hinüber, weil ich meinen Verleger treffen wollte. Plötzlich steht Reich-Ranicki vor mir. Dann stellte ich mich vor: »Guten Tag, Rosendorfer. Ich weiß nicht, ob Sie sich an mich erinnern.« – »Ich kenne Sie sehrrr gut, Herr Rosendorrrfer«, knurrte er. Dann ließ er mich stehen.

Ich habe viele Interviews mit Reich-Ranicki geführt, langweilig war's nie, meist amüsant boshaft.
H.R.: Ja, das ist er, wenn er will. Ich habe einen etwas ausgefeilteren längeren Toast beim Geburtstag der Gabriele Henkel erlebt, um den man ihn gebeten hatte. Das hat er sichtlich aus der hohlen Hand, aus dem Stand gemacht. Das war so geistreich, so witzig.

Julia, wie haben Sie Ihren Mann kennengelernt?
Julia Rosendorfer: In München bei einer Lesung von ihm. Ich war 25.

Und gleich war's um Sie geschehen?
J.R.: Ja. Er las aus *Die Nacht der Amazonen*. Das ist nach wie vor eines von meinen Lieblingsbüchern.

Wie war diese Nacht?
J.R.: Also, das hat schon eine Zeit lang gedauert.

Wie ging es denn weiter?
J.R.: Ein paar Wochen später haben wir uns über Gerhard Polt wiedergesehen, den ich sehr gut kenne und der mit dem Gedanken spielte, *Die Nacht der Amazonen* zu verfilmen. Da wollte ich dann vermitteln. Genau deswegen bin ich auch zu dieser Lesung gegangen. Doch daraus ist dann halt, wie bei vielen Projekten, nichts geworden. Was Herbert und mich von Anfang an verbunden hat, ist der Humor, und dazu kamen seine beeindruckende Hartnäckigkeit und sein Charme. Er vermittelte mir das Gefühl, die Richtige zu sein.

H.R.: Ich war ja noch verheiratet. Als ich getrennt war, sind Julia und ich 1993, ohne verheiratet zu sein, nach Naumburg gegangen, wo ich als Richter

am Oberlandesgericht arbeitete. Da hat unsere Ehe sozusagen angefangen.
Meine geschiedene, inzwischen verstorbene Frau ist dann sehr krank geworden, und es war zum Schluss sehr schlimm. Doch geheiratet haben Julia und ich erst hier in Eppan. Der Bürgermeister hatte eine grün-weiße Schärpe an.

Das scheint Sie noch heute zu beeindrucken?
H.R.: Ja, das hatte Stil.

Sie haben einen außergewöhnlichen Tisch: Eine nackte Bronzefrau liegt unter einer dicken Glasplatte.
H.R.: Entsetzlich kitschig. Ich hatte Julia bei Pelz Rieger in München einen Mantel gekauft, nicht aus Pelz, aus weißer Wolle. Und da haben wir diesen Tisch gesehen.

J.R.: Wir haben den Tisch gekauft. Herbert wollte ihn unbedingt. Nicht einmal die Summe konnte ihn abschrecken. Das Teil kam dann noch mit zwei Stühlen zusätzlich, die hat Herr Rieger uns geschenkt. Vermutlich, weil er das fürchterliche Ding endlich los war.

H.R.: Jedenfalls hat der alte Rieger, ein großer Damenfreund, die Julia sofort umschwärmt.

Julia und Herbert Rosendorfer in Eppan (mit dem ominösen Tisch)

Fällt es Ihnen eigentlich schwer, über Ihre Krankheit zu sprechen?

H.R.: Warum sollte es? Vor knapp zehn Jahren ist eine Niere entfernt worden. Ist gut gelaufen. Es war ein Karzinom an der Niere. Und ich muss seitdem die Niere regelmäßig, einigermaßen regelmäßig, mit dem Kernspin beobachten lassen. Das habe ich voriges Jahr wieder gemacht. Ich sollte das alle zwei Jahre machen. Aber man schiebt so was natürlich hinaus. Es waren schon wieder drei Jahre vergangen.

In München ging es in den offenen Kernspin. Ende November 2011 ist der Arzt dann gekommen und hat gesagt: »Ich kann Ihnen eine gute Nachricht sagen: Ihre Niere ist völlig in Ordnung. Aber ich muss Ihnen leider etwas zeigen. Schauen Sie diese Punkte in der Lunge an. Das sind Metastasen. Krebs.« Das war im November 2011. Der Arzt hat mich zu meinem Internisten geschickt. Und dann ist es halt losgegangen.
Es begann mit einer Computertomografie. Man wollte Gewissheit haben.
Und dann hat man mir gesagt, ja, leider, es sind tatsächlich Metastasen.

Sie erzählen das so beiläufig, als würden Sie über einen geplatzten Autoreifen sprechen.
H.R.: Ja, wenn ich so nachdenke, bin ich überhaupt nicht erschrocken. Irgendwie hab ich so im Hinterkopf gehabt: Irgendwann kommt's.
Ich bin dann zu meiner Schwester Marlene in München gegangen, zu der ich ein sehr enges Verhältnis habe. Sie ist sechs Jahre jünger als ich. Ich habe sie das erste Mal gesehen, als sie eine Stunde alt war. Sie ist zu Hause zur Welt gekommen. Der habe ich's also erzählt und dann meine Frau angerufen. Julia war erschrocken, ich gar nicht. Ich habe gedacht, jetzt geht's halt an, irgendwann.

J.R.: Also mir versetzte das gleich einen Schock, die ganzen Erinnerungen kamen hoch, von der dramatischen Nierenoperation 2003.
Er bekam damals eine Sepsis im Krankenhaus. Und da war's dann sogar so weit, dass der Chefarzt mich angerufen hat und sagte, ich solle sofort nach München kommen, es sehe sehr schlecht aus. Das war grauenhaft. Dieses Hin und Her, zwei Monate lang, und die Tochter war noch so klein. Da war ich unter totaler Anspannung wie in so einem Rauschzustand. Die Angst hält einen ja so komisch wach. Nun kam das alles wieder auf mich eingestürzt. Da habe ich mir gedacht, nein, jetzt nicht wieder, bitte.

H.R.: Ich fuhr im Auto zurück nach Eppan. Es hat mir ja nichts gefehlt. Es hat nichts wehgetan.

J.R.: Am Anfang wollte er's gar niemandem sagen. Er hat auch mich immer beschworen: »Sag's bloß nicht, dann reden alle.« Doch auf einmal hat er die Kehrtwende gemacht, weil man es ja nicht einfach totschweigen kann. Es ging ihm wirklich schlecht bei der ersten Chemo.
Nun kamen ganz viele Untersuchungen, weil man genau feststellen musste, welcher der Primärtumor war. Es waren Metastasen vom Darm. Er hatte nachher noch mal einen Darmtumor.

H.R.: Der Arzt hat mich so angeschaut, als er mir das erklärte. Er wusste ja nicht, wie ich reagiere. Es war so ein trüber Novembertag noch dazu. Hat mich so angeschaut, und ich habe gesagt: »Ach, …« Ich wusste, dass er ein Buch von mir gelesen hat, daher kannte er mich. Dann habe ich ihn so angeschaut wie er mich und habe gesagt: »Ach, wissen Sie, eigentlich habe ich schon genug geschrieben.«

Da hat er wieder so geschaut und nur gesagt: »Bitte gehen Sie sofort zum Internisten.« Dann bin ich eben zum Internisten in Bozen gegangen. Der hat mich sofort im Krankenhaus angemeldet. Die Metastasen kamen nicht von dem Nierenkrebs damals, sondern von einem Darmkrebs, der 2006 entfernt worden war. Ja, wir machen also Chemo. Und das hat sich so eingespielt.

Ich habe mir dann gesagt, und das würde ich jedem raten, der in der Situation ist: Nicht verdrängen. Es annehmen. Nicht lügen einerseits. Andererseits aber auch nicht ständig daran denken.

Wie schaffen Sie das?

H.R.: Das schaffe ich wunderbar. Ich weiß es. Ich muss meine Tabletten im 12-Stunden-Abstand nehmen. Ich weiß, dass es da drinnen ist. Ich weiß, dass es gut gehen kann. Ich weiß, dass es schlecht ausgehen kann. Damit lebe ich.

Ich habe von Anfang an auch – und das ist für mich wichtig gewesen –, vom ersten Moment an weitergeschrieben. Also, ich bin jetzt gerade bei der Schlussredaktion eines neuen Romans, der wohl nächstes Jahr erscheinen wird oder übernächstes Jahr. »Martha. Von einem schadhaften Leben«. An dem habe ich weitergeschrieben. So wie vorher. Wie gesagt, nicht verdrängt. Und auch nicht ständig in Gedanken darum gekreist. Das schien mir das Wichtigste.

Wie ging Ihre Tochter Cosima mit Ihrer Krankheit um?
H.R.: Sie ist in diesem Februar 16 geworden. Sie ist sehr in sich verschlossen. Sie sagt wenig. Es arbeitet in ihr mit Sicherheit. Aber sie hat nie ein Wort darüber gesagt. Sie kriegt natürlich alles mit.
Ich habe nach der Diagnose auch meinen Bruder Theo verständigt und meine drei erwachsenen Kinder, die in München und Umgebung leben, und sie gebeten: »Behaltet es mal für euch. Es müssen nicht alle wissen, damit nicht ununterbrochen gefragt wird: Wie geht's denn?«

Nur die engste Familie war eingeweiht, weil Sie darüber hinaus niemanden belasten wollten?
H.R.: Ja. Ja. Ja.

Und wie geht man um mit diesem Feind, der nicht zu bremsen ist?
H.R.: Man muss damit rechnen, dass man nicht mehr so viel Zeit hat. Und diese Zeit muss man nutzen. Das ist so von alleine gegangen, dass ich Bücher genauer lese, dass ich mir überlege: Soll ich jetzt diesen Bestseller lesen oder soll ich lieber noch mal zu *Wilhelm Meisters Lehrjahre* greifen? Oder ich habe mir eben gedacht: Jetzt ist höchste Zeit, dass ich *Vor dem Sturm* von Fontane lese. Doch, ja, man lebt bewusster, doch, viel bewusster.

Vermutlich grübeln Sie: Was wird aus meiner 30 Jahre jüngeren Frau, was wird aus Cosima?
H.R.: Ja, aber wir reden eigentlich nicht darüber. Ich muss sagen, meine Frau ist schon das dritte Mal eine hervorragende Krankenpflegerin. Sie denkt daran, dass ich die Tabletten nehme. Ich würde sie wahrscheinlich jedes dritte Mal vergessen. Sie denkt daran, dass ich trinken soll, mindestens meine zwei Liter am Tag. Sie sorgt ganz großartig für mich.

Die Liebe wird inniger?
H.R.: Das hat sich nicht geändert. Ja, ich bin Julia dankbar, dass sie da manchmal zu viel sagt: »Musst du jetzt da selber mit dem Auto hinfahren? Ich fahre dich.« Ich sage: »Nein, ich fahre.«

Julia und Herbert Rosendorfer im Garten

J.R.: Ja, das lässt du dir nicht nehmen.

H.R.: Also ich habe zunächst Infusionen gekriegt, Chemo, dann den Port, wie sie's nennen, den habe ich nicht so gut vertragen. Aber mit der Chemo war es dieses Mal nicht so schlimm wie bei den früheren Chemos. Damals habe ich es vermieden, Auto zu fahren. Ich bin eigentlich fast nicht aus dem Haus gegangen. Da hat Julia alles gemacht, von zur Post gehen und Briefmarken kaufen bis Computer bedienen und alles. Sie war da.

J.R.: Es ist wie bei Kindern. Es dauert immer so lange, bis man merkt, ach so, eigentlich kann Herbert jetzt wieder selber zur Post.

H.R.: Zurzeit geht es. Ich spüre nichts, außer diesem komischen Husten, der aber, glaube ich, eher eine Erkältung ist. Ich kann gehen. Ich kann Treppen steigen, rauf und runter. Es fehlt mir ja sozusagen nichts. Ich habe auf den Schlag zwölf Kilo abgenommen, was sehr gut ist. Seitdem fühle ich mich in der Hinsicht sehr wohl. Also ich habe 85 Kilo gehabt. Bin runter auf 73.

Zu wenig für einen so großen Mann.
H.R.: Ja, klar. Die Ärztin hat gesagt: »Essen Sie halt

ein bisschen mehr.« Aber ich habe gar keinen Ehrgeiz. Allerdings, ich habe oft auch keinen Appetit. Aber auch da fühle ich mich nicht unwohl. Dann esse ich halt nichts.
Heute Mittag, als mein älterer Sohn mit seiner Familie, seiner Frau und den drei Kindern, auf der Durchfahrt vom Gardasee nach München hier kurz Station gemacht hat, bin ich mit denen zum Essen gegangen, ins Hotel Käfer hinauf. Dann habe ich nur eine kleine Suppe bestellt. Ich will nicht mehr.

Aber heute Abend, im Girlaner Hof essen wir ein bisschen mehr.
H.R.: Heute Abend vielleicht.

Arbeiten Sie Ihre derzeitige Situation als Schriftsteller auf?
H.R.: Nein. Nein! Ich habe den neuen Roman jetzt durchgeknetet und noch mal viel geändert. Erst wollte ich den Schluss meiner Situation anpassen. Meine Figur sollte aber nicht öffentlich an Krebs leiden.

Überall liegen Manuskripte herum, kein Computer ist zu sehen.
H.R.: Ich schreibe alles mit der Hand. Ein Freund, der die Hälfte seiner Zeit in Wien, die andere Hälfte

bei Innsbruck lebt, ein alter pensionierter Diplomat ist, österreichischer Botschafter zuletzt in Südamerika, der schreibt aus Jux für mich die handschriftlichen Manuskripte ab. Und dann mailt mir Artur von Schuschnigg alles, und meine Frau druckt mir das aus.
Ich benutze einen Computer, gelegentlich. Ich schreibe E-Mails. Nicht viel. Ich schreibe auch Briefe mit der Hand.

Ihre Krankengeschichte ist grundsätzlich tabu?
H.R.: Irgendwo habe ich mal ein Erlebnis aus dem Jahr 2003 verwertet. Ich habe das gar nicht gemerkt. Die Ärzte hatten in Eppan angerufen, dass Julia sofort nach München kommen soll. Und sie war da plötzlich gestanden, ich sage: »Wo kommst denn du her?«

J.R.: Es war wahnsinnig. Die Cosima lag in der Badewanne. Meine Freundin Alexandra saß an meinem Computer, weil ihrer wieder kaputt war. Dann habe ich nur gesagt: »Kind, gehe aus der Wanne, ziehe dich an.« Der Freundin habe ich gesagt: »Du musst sofort gehen.« Und innerhalb von fünf Minuten saß ich im Auto und bin in zwei Stunden 20 Minuten in die Klinik nach Bogenhausen gerast. Und da lag er dann. Sein Leben hing am seidenen Faden.

H.R.: 2003 war das. Eine paradoxe Reaktion auf ein Medikament. Und da war ich plötzlich weggetreten und lag auf der Intensivstation. Riesige Apparate links und rechts und Schläuche und alles Mögliche. Und ich sehe gelbe Männchen, nein, nicht gelbe Männchen, sondern einen gelben Teppich, so senfgelb, unter dem Leute hin- und herlaufen. Wie spitze Hütchen schauten die aus. Und ich denke: Was ist denn das?
Und dann ist mir eingefallen, es stimmt alles nicht. Das stimmt nicht, das ist alles nicht wahr.

Vermutlich hohes Fieber?
H.R.: Vermutlich. Doch dann kam eine sehr nette Krankenschwester, übrigens eine Ostdeutsche, die Ulrika. Ich werd's nie in meinem Leben vergessen, Ulrika hat sie geheißen und semmelblond war sie auch, und die habe ich … gewürgt. Ich habe sie am Hals genommen. Ich habe gedacht, ich muss irgendwie schauen, dass ich da rauskomme. Weg von diesen senfgelben Gespenstern. Ich habe Ulrika also heftig gewürgt und gefragt: »Sind Sie ein Mensch oder sind Sie ein spitzes Hütchen?«

Sie hätten Ulrika erwürgen können.
H.R.: Sie hat glücklicherweise geschrien wie am Spieß. Dann ist ein Krankenpfleger gekommen. Und

ich habe mich dann so rumgewälzt, dass ich aus dem Bett gefallen bin, und die ganzen Schläuche haben sich rausgerissen. Und da bin ich endlich aufgewacht. Später habe ich dann zu Ulrika gesagt: »Bitte schön, entschuldigen Sie.« Dann hat sie gesagt: »Ja, Herr Rosendorfer, Sie haben immerhin Sie zu mir gesagt.«

Lernt man Demut, wenn man weiß, es könnte bald vorbei sein?
H.R.: Demut habe ich eigentlich nicht zu lernen brauchen. Ich bin ein Kriegskind. Ich weiß nicht, welcher Jahrgang Sie sind.

Jahrgang 44.
H.R.: Also ich bin zehn Jahre älter als Sie. Das heißt, ich habe den Krieg bewusst miterlebt. Ich habe die Bombennächte bewusst miterlebt. Den Einmarsch der Amerikaner in Kitzbühel. Obwohl ich mit der Familie relativ verschont geblieben bin, abgesehen davon, dass mein Vater im Krieg umgekommen ist. Aber auch das spielt natürlich eine Rolle, dass ich eigentlich zeit meines Lebens das Gefühl hatte, dass man nur Gast auf Erden ist. Dieses Gefühl hat mich eigentlich nie verlassen.
Ich weiß nicht, ist das eine Charaktereigenschaft? Vermutlich. In meinen Büchern spielt ja der Tod immer eine große Rolle.

Also den Gedanken an den Tod, den habe ich eigentlich als junger Mensch schon gehabt. Tod, ja gut. Aber weit weg.

Dabei war der Tod doch ständiger Begleiter Ihres eigentlichen Berufs.

H.R.: Ja, als Richter, als Ermittlungsrichter habe ich viel Tod gesehen, bei den Leichenöffnungen und so. Unschön. Manchmal träume ich noch davon. Aber auch wieder ganz gesund, so was.

Also, die Demut habe ich schon, die muss ich nicht lernen.

Ich meine, das weiß ich jetzt ja nicht, wo ich mit Ihnen rede, ob ich in einem Jahr noch da bin. Wer weiß, ob die Metastasen nicht plötzlich noch irgendwas anderes machen? Ich habe Freunde verloren, die binnen kürzester Zeit an so etwas gestorben sind. Schön schnell war's.

Und sicher spielt eine Rolle, dass ich mir einbilde, ich hinterlasse ja etwas. Nicht nur die Familie, Kinder, die Enkel. Ich habe sieben Enkel, vier Kinder. Also hinterlasse ich Leben.

Ich hinterlasse ja auch meine Bücher. Ich hinterlasse das, was ich geschrieben habe, wobei ich mir im Klaren darüber bin: Wenn man gestorben ist, ist es aus – selbst wenn's Martin Walser sein wird.

Womit aus?
H.R.: Aus mit dem Ruhm. Das merkt man ja. Manfred Bieler. Er war ein sehr guter Freund von mir. Sein Bestseller *Der Mädchenkrieg* ist verfilmt worden, *Preußische Nacht* ebenfalls. Ich habe vor nicht allzu langer Zeit eine Buchhändlerin gefragt: »Sagt Ihnen der Name Manfred Bieler was?« – »Nein, nie gehört.«

Auch von Ihnen bleibt demnach nichts?
H.R.: Ja, gut, man hofft natürlich, dass so ein Eckchen erhalten bleibt. Ich baue auf die *Briefe in die chinesische Vergangenheit*, dass das übrig bleibt.

Und was wird mit Ihnen?
H.R.: Ich bin noch nicht fertig mit dem Nachdenken darüber. Ich weiß es nicht. Ich weiß es wirklich nicht.
Ich wünsche mir natürlich, dass das Bewusstsein weiterlebt und dass man wenigstens von oben runtersieht, ob die Frau froh ist, dass man tot ist, oder ob sie traurig ist.

J.R.: Hm … solche Gedanken versuche ich zu verdrängen. Ich glaube schon, dass man einfach total einsam ist dann. Und dieses sich jeden Tag Sehen beim Frühstück, zu reden und diese vertrauten Gewohnheiten – ich glaube, das ist das Schlimmste, das wird mir fehlen. Ich meine mehr diesen Alltag, diese Kleinigkeiten. Wir gehen ja auch öfter ins Theater. Wem soll ich dann sagen, dass es einem gar nicht gefallen hat? Das ist so schlimm.

H.R.: Heute habe ich einen Brief gekriegt von der Witwe Fischer-Dieskau, von der Júlia Várady. Und da bedankt sie sich für meinen Beileidsbrief und schreibt: »Ja, ich kann es nicht fassen, ich suche ihn immer noch.« Das ist eigentlich genau das.
Also, man wünscht sich natürlich eine Fortsetzung des Bewusstseins, aber ob man sich wirklich eine Ewigkeit wünschen soll, da bin ich mir nicht ganz sicher. Obwohl, die vierte Dimension verstehen wir auch nicht und den gekrümmten Raum ebenfalls nicht.

Gut, ich neige zwar dazu, das menschliche Bewusstsein als bloßen biologischen Vorgang zu sehen, der durch die Nervenverbindungen im Gehirn entsteht – was natürlich erlischt mit dem Tod, und dann ist Schluss. Das könnte sein. Und der Freund, Artur von Schuschnigg, der meine Sachen abschreibt, ist ein wirklich Gläubiger. Er und seine Frau sind ernsthaft gläubige Katholiken.
Ich habe ihm mal geschrieben, dass ich eine Fliege auf- und abgehen sah auf der Fensterscheibe. Die

Fliege begreift nicht, dass das Glas ist. Das ist außerhalb ihrer Bewusstseinsebene. Und so außerhalb unserer Bewusstseinsebene könnte ja auch das Jenseits sein. Dass das Jenseits, wenn es eines gibt, nicht in »unserem« Universum vorhanden ist, sondern in einem ganz anderen, in einer anderen Seinsdimension, das könnte man so postulieren.

Ich habe das in meinem wichtigsten Buch geschrieben, das kein Mensch gelesen hat und das auch kein Erfolg wurde, *Kadon, ehemaliger Gott*, bei KiWi vor 15 Jahren erschienen, und da steht das alles genau drin.

Gott gibt es, weil es ihn nicht gibt. In unserer Seinswirklichkeit, also mit Universum und Gegenuniversum und allem, ist unser Vorhandensein sicher nicht das Vorhandensein Gottes. Wobei das Wort »ist« schon falsch ist in einer anderen Seinsdimension. Also, so lege ich mir das zurecht. Ich werde es sehen. Vielleicht bald. Warum lächle ich jetzt?

Vielleicht ist es das Lächeln eines Zynikers, der nicht weiß, ob er geläutert sein möchte.

H.R.: Ja, ich gebe zu, dass ich eine zynische Ader habe. Vielleicht hängt das ein bisschen mit dem Richterberuf zusammen, wo man ja ständig mit Lügen konfrontiert wird und mit der Machtseite des Menschen.

J.R.: Ich bin auch zynisch, aber kein Richter.

H.R.: Meine zynische Ader hat dazu geführt, dass ich Jura studiert habe. Was ich wieder machen würde. Ich würde wieder das Gleiche studieren. Ich würde vieles anders machen, aber Jura studieren würde ich wieder und Richter werden. Wobei ich ja immer Zivilrichter sein wollte und mir das ja auch gelungen ist, dass ich die weitaus meiste Zeit meines Dienstes als Zivilrichter tätig war und es eigentlich auch gerne gemacht habe … obwohl: Manchmal wollte ich die Akten am liebsten beim Fenster rauswerfen, aber so im Großen und Ganzen habe ich's schon gerne gemacht.

Als Richter in Deutschland benötigten Sie einen deutschen Pass. Wie kam es dazu?

H.R.: Das war irgendwie kompliziert. Ich bin als Österreicher in Südtirol geboren und dann durch den sogenannten Anschluss Reichsdeutscher geworden, nach dem Krieg wieder Österreicher, und während meines Jurastudiums habe ich, eher fast automatisch, durch ein Staatsbürgerschaftsänderungsgesetz die deutsche Staatsangehörigkeit erhalten, sonst hätte ich ja nicht Richter werden können. Und die habe ich nach wie vor.

Meiner Mutter zuliebe bin ich zurück nach Südtirol.

Herbert Rosendorfer (05.10.1936, Bozen)

Sie starb in München, durfte ihre Heimat nicht wiedersehen.

Woran ist Ihre Mutter gestorben?
H.R.: Also ich behaupte, sie ist mit 50 Jahren an Leukämie gestorben, weil sie nicht wieder nach Hause durfte. Sie hat schrecklich unter Heimweh gelitten. Sie ist 1963 gestorben. Es war irgendwie ein Vermächtnis meiner Mutter, dass wenigstens eines von den drei Kindern heimgeht.

Und Ihre Geschwister?
H.R.: Mein Bruder ist in Schrobenhausen verheiratet. Der ist Chemiker gewesen, pensioniert inzwischen. Seine Frau ist dort verwurzelt, und die Kinder. Und bei meiner Schwester ist es ähnlich. Die ist in München verheiratet und hat die Kinder auch alle in Deutschland.
Die Geschwister kommen oft zu Besuch. Mein Bruder war neulich erst da, und meine Schwester ist auch mal hierher zu uns gekommen.
Und jedes Mal, wenn ich hinunterfahre nach Bozen hinein und nach dem Pillhof ins Etschtal hinunter, sehe ich ganz links hinten das Moritzinger Kirchl. Das ist ein kleines Kirchl, das jetzt ein bisschen verdeckt ist durch das große Krankenhaus. In der Moritzing wurde meine Mutter 1913 geboren, und

sie ist dort aufgewachsen. Und jedes Mal, wenn ich hinunterfahre und das Kirchl sehe, sage ich: »Mama, ich bin wieder da.«

Ein tröstlicher Gedanke, dieses Zwiegespräch mit der verstorbenen Mutter.

H.R.: Es ist natürlich Sentimentalität, aber manchmal denke ich, sie schaut runter zu ihrem Pinzi. Pinzi habe ich geheißen. Pinzi. Ist schon recht, Pinzi, du bist nach Hause gekommen. Ihr war das verwehrt. Meine Mutter hat fürchterlich unter Heimweh gelitten. Ich kann mich erinnern. Der Winter 40/41 war sehr kalt. Also nicht nur Krieg, sondern Kohlemangel und Hungersnot. Es war so kalt, dass die Isar zugefroren ist. Das passiert alle 200 Jahre. Ich kann mich genau erinnern, dass die Isar zugefroren ist. Wir haben in der Nähe gewohnt, in der Au.

Und sie, meine Mutter, ist mit uns Kindern über die Reichenbachbrücke gegangen. Meine Schwester war ein Jahr alt, im Kinderwagen schon, und ich sehe noch, wie meine Mutter sich übers Geländer der Reichenbachbrücke beugt, auf die zugefrorene Isar hinunterschaut und den Schwur tut: »Ich gehe zu Fuß von München nach Bozen, wenn ich wieder heim darf.« Das ist ihr nicht vergönnt gewesen. Sie liegt, wie ich immer sage, in den nördlichen Tundren Oberbayerns in der kalten Erde am Friedhof.

Ihre Erzählungen erinnern gelegentlich an Ludwig Thoma, von dem der Spruch stammt: »Er war Jurist und auch sonst von mäßigem Verstand.«
H.R.: Er war ein Einser-Jurist. Also ich halte Ludwig Thoma für einen ganz wichtigen Autor; wo ich mich nicht als Nachfolger von ihm fühle, ist in politischer Hinsicht, also ganz und gar nicht, doch er war natürlich ein großer Dichter. Aber ich als sein Nachfahre? Wenn schon Nachfahre, fühle ich mich eher als Nachfahre Kafkas.

Bisweilen sehen Kritiker diese Nähe.
H.R.: Wobei ich also auch das nur im weitesten Sinn verstanden wissen will: Ich schreibe von allen ab, die mir unter die Finger kommen.

Das macht doch jeder.
H.R.: Aber keiner gibt's zu.

Martin Walser spricht gern mit Bäumen, mit seinem Hund. Selbst die Fische im Bodensee verschont er nicht mit seiner Redseligkeit. Verstehen Sie das?
H.R.: Ich kann's verstehen. Ich bin nicht so. Da bin ich viel zu nüchtern. Ich rede zwar mit meiner Katze, das heißt, es ist nicht meine Katze, es ist die Katze meiner Tochter, aber ich glaube, das ist eine tiefe Beziehung zwischen der Katze und mir. Und mit der

rede ich schon. Aber ich weiß ganz genau, dass sie's wörtlich nicht versteht.

Was sagen Sie?
H.R.: »Mimimim … wie geht's dir denn? Was machst du denn? Miau, miau.« Halt so.

Unsere Katze heißt Socki. Meine Frau und ich reden mit ihr wie mit einem Menschen.
H.R.: Ja, ich rede schon auch manchmal so. Sie hat ja menschliche Züge. Zum Beispiel hat sie ein Schüsselchen mit Wasser, das sie offenbar nur sekundär interessiert. Wenn ich in der Früh ins Bad gehe – ich gehe immer ins vordere Bad –, da kommt sie mit, und dann muss ich in der Badewanne das kalte Wasser aufdrehen. Und schon springt sie in die Badewanne, dort wo's trocken ist, und schleckt das Wasser. Das muss für sie wohl ein anderes Wasser sein als das, was sie sonst vorgesetzt bekommt.
Sie schleckt das Wasser trotz Badesalz. Dann sage ich: »Mim« – oder »India« –, »wird dir da nicht schlecht davon?« Dann schleckt sie das Wasser mit dem Badesalz weiter auf.

Ihr vorderes Bad kenne ich nicht. Aber in Ihrem Gäste-WC fehlt der Spiegel.
J.R.: Alle Gäste fragen: »Wieso hast denn du keinen Spiegel?« Ich wollte da irgendwie nichts aufhängen, außer meinen Fotos. Ich habe überlegt, ein Schild über das Waschbecken zu hängen mit den Worten: »Sie sehen gut aus.«

H.R.: Da kann ich lachen.

Herr Rosendorfer, über die erotische Ausstrahlung Ihrer Frau sagten Sie einmal: »Ja, ich bin stolz auf die junge Frau. Wie man stolz auf einen schönen Ring ist.« Etwas uncharmant: Sie vergleichen Ihre Frau mit einem Ring.
H.R.: Ja, nein, aber ich sag's so. Den Ring zeigt man auch, führt ihn vor, steckt ihn an, erfreut sich an seinem Glanz.
Oder ein schönes Bild, das ich gemalt habe, hänge ich auch auf. Ich bin ja stolz auf das schöne Bild. Das ist übrigens meine Frau, der blaue Akt.

Von Ihnen gemalt?
H.R.: Nein, von einer guten Freundin, einer Malerin aus Bozen. Beate Gantz.

Herbert und Julia Rosendorfer am Flügel

Gut getroffen, sehr sinnlich.
H.R.: Mir gefällt es. Das ist eine Tuschzeichnung mit Aquarell, blaue Tusche.

Neigen Schriftsteller eher zum Selbstmord als Richter, Journalisten oder Politiker?
H.R.: Also darüber habe ich noch nie nachgedacht. Hemingway hat darüber geschrieben. Viele Schriftsteller beschreiben ja oft ihre ständige Lebensangst, wie eben viele Kollegen von Haus aus spinnen und verrückt sind.

Sie auch?
H.R.: Meine Verrücktheit? Oje. Also ich bilde mir ein, dass ich ein ganz normaler, nüchterner Mensch bin. Was ist meine Verrücktheit?

J.R.: Die schreibst du raus. Wie Thomas Glavinic, der jetzt auch schon ein Starautor ist. Sein letztes Buch konnte ich nicht fertig lesen, weil es so schrecklich ist. Ist toll, wenn man so schrecklich schreiben kann.

H.R.: Ich sondere meine Verrücktheit ab. Das Normale bleibt dann zurück. Und das kann natürlich sein bei labilen Charakteren, dass es halt dann zurückschlägt, dass es nicht mehr absorbiert werden

kann, sondern zurückschlägt. Könnte zum Freitod führen.
Ich kann mir aber nicht vorstellen zum Beispiel, dass einer wie Thomas Mann Selbstmord begangen hätte.

Er war nicht verrückt genug?
H.R.: Ja, eben, weil er nach außen hin zu nüchtern war und das eben voll absorbieren konnte, seine Spinnereien. Das ist doch überhaupt was Verrücktes, dass man hergeht, schreibt, das Papier vollkritzelt – das ist eine Verrücktheit. Für die Leute! Die sagen: Der sollte besser seinen Garten umgraben, Kohlköpfe pflanzen, wenn er ein Vernünftiger wäre. Welcher Idiot kommt darauf, aufs Papier wie ein Wahnsinniger jeden Tag zu kritzeln?

J.R.: Ja, und ganz oft fragen einen ja die Leute: »Wie fällt dir denn so was ein?« Ich sage dann: »Das ist halt einfach in meinem Kopf.« Also das finden die schon verrückt.

Sie sind die schreibende Frau eines berühmten Schriftstellers.
J.R.: Ich muss das ja nicht vergessen, das ist für mich keine Belastung. Natürlich denke ich oft: Vielleicht nehmen die Verlage das dann gerade deshalb nicht, weil sie denken, jetzt muss auch noch seine Frau schreiben.

Ich habe jetzt zum Beispiel eine kleine Erzählung geschrieben, die bei Elke Heidenreich in einer Anthologie über Katzen und Musik erscheint. Das war eben meine erste Erzählung für Erwachsene, also kein Kinderbuch. Also für mich ist das keine Belastung, dass wir sozusagen ein Schriftstellerhaushalt sind. Cosima schreibt auch schon.

Tagebuch?
J.R.: Jetzt hat sie gerade einen Aufsatz mitgebracht, von dem die Lehrerin so völlig erschlagen und begeistert war, dass sie mir sofort eine SMS geschickt hat. So was hätte sie überhaupt noch nie gelesen.
Cosima hat zum Beispiel schon ganz früh Ironie verstanden, die hat bereits mit drei Jahren im Kindergarten so dahergeredet, dass die anderen Kinder fragten: »Was sagst du denn da? Das versteht ja keiner.«

Herr Rosendorfer, Sie haben mal gesagt, dass Sie als Richter so oft angelogen wurden, dass Sie irgendwann begannen, die Menschen zu hassen.
H.R.: Nein, hassen … hassen tue ich sie nicht.

Dann korrigieren Sie sich.
H.R.: Also in dem Roman *Die Brüder Karamasow* sagt einer der Brüder, ich glaube, der Alexej Kara-

masow: »Ich liebe die Menschheit. Aber ich verachte den einzelnen Menschen.« Bei mir ist es umgekehrt. Ich liebe den einzelnen Menschen, jeder, der mir näher kommt, den ich näher kennenlernen möchte, im Großen und Ganzen, mit Ausnahmen. Aber insgesamt betrachte ich die Menschheit doch ein bisschen als Ungeziefer, weil sie unsere Erde zerstört.

Haben Sie eigentlich vorgesorgt?
H.R.: Ja, ich habe eine Patientenverfügung. Ich habe natürlich auch eine Einverständniserklärung zur Organentnahme.
Ich empfehle jedem, ein Testament zu machen. Und wenn er nur hineinschreibt, es soll die gesetzliche Erbfolge eintreten.

Sie scheinen mit Ihrer Situation im Reinen zu sein.
H.R.: Ach.

Oder wollen Sie Ihre Nächsten schonen?
H.R.: Ja. Ja, sicher. Natürlich ist man auch verletzlich. Natürlich. Ich bin das eigentlich seit früher Jugend schon gewohnt, solche Dinge mit mir selber auszumachen. Und da ist es vielleicht der Jurist, der immer nach den Gründen sucht. Ich muss dann für mich selbst Klarheit schaffen: Warum kommt es so? Warum bist du da gekränkt? Und muss es wirklich

Julia und Herbert Rosendorfer mit Tochter Cosima

Herbert und Cosima Rosendorfer

sein? Warum musst gerade du dran glauben? Also analysiere ich. Ich bilde mir auch ein, dass ich als Südtiroler etwas Besonderes bin. Und als Überetscher noch ein Stück darüber.

Was zeichnet die Überetscher denn aus?
H.R.: Ach, ich erkläre Ihnen das mal heimatkundlich: Also von Bozen aus kommt man über die Etsch drüber, und das Überetsch ist St. Pauls, St. Michael bis Kaltern. Also diese Hochebene kann man sagen, 100 Meter höher als Bozen, das ist das Überetsch. Und Überetsch besteht aus zwei Gemeinden, Kaltern und Eppan. Und die Gemeinde Eppan wieder besteht aus verschiedenen Fraktionen, die früher eigene Dörfer waren, Girlan, St. Michael, St. Pauls, Missian, Montiggl, Unterrain, Perdonig, ja. Und die alle haben wieder ihren eigenen Patriotismus.
Eine Freundin aus Girlan hat mal gesagt: »Als Kind bin ich von St. Pauls nach Girlan gezogen mit den Eltern und vor Heimweh fast umgekommen.« Das sind zwei Kilometer Luftlinie. Und die Wirtin vom Ritten hat gesagt: »Ah, von Eppan kommen Sie, schau an. So fern.«

Nicht alle Rosendorfer sind aber Überetscher.
H.R.: Ja, meine Großmutter stammt aus Stilfs, Stilfser Joch. Waren Sie mal oben?

Ja! Muss man einmal erlebt haben. Ein Herrgottswinkel, man stolpert dauernd über deutsche Touristen.
H.R.: Ich habe mir das Haus zeigen lassen, wo meine Großmutter aufgewachsen ist. Das ganze Haus war nicht viel größer als zweimal dieses Zimmer, höchstens 40 Quadratmeter. Aus Balken zusammengefügt. Elf Kinder.

Der Urgroßvater war Zimmermann, der ist im März mit einer Partie Zimmerleute, Dachdecker, Maurer – alles, was am Bau ist – ins Deutsche. Meine Großmutter hat erzählt, das Weiteste war ins Elsass. Und im März sind sie weg, im November sind sie wiedergekommen. Meine Großmutter hat gesagt, in den Schuhen hat er zwei, drei Goldstücke gehabt. Davon hat die Familie ein Jahr gelebt.

Und mit neun Jahren wurde meine Großmutter von ihrer Mutter in die Schweiz zum Arbeiten geschickt. Die Großmutter hat's mir erzählt. Die Mutter hat ihr einen Kamm und einen Apfel mitgegeben und hat ihrs Kreuz gemacht und gesagt: »Jetzt musst los, pass auf die Bären auf.«

Inzwischen gibt es die ja wieder. Gestern ist einer in Perdonig gesichtet worden, zehn Meter vom nächsten Haus entfernt. Aber angeblich tun die Bären nichts.

Und dann ist die Großmutter als Kind, neun Jahre, Schulpflicht hin, Schulpflicht her, über den Ofen-

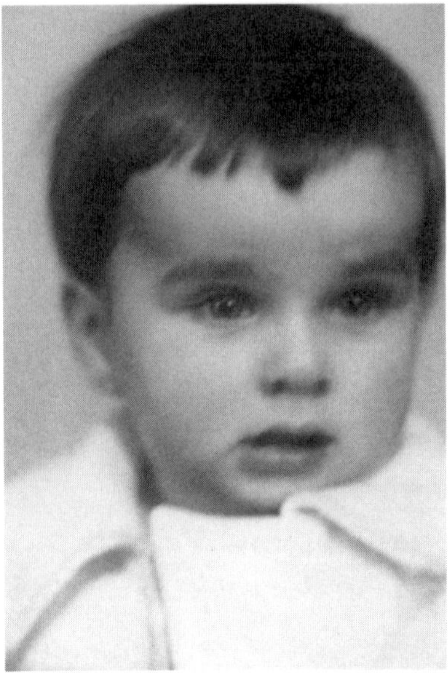

Herbert Rosendorfer
im Alter von einem Jahr

Erstkommunion 1942 in München

Beim Federball mit
Bruder Theo (rechts), 1953

Porträtaufnahme aus dem Jahr 1948

Noch kein Dichter, doch schon ein begeisterter Leser

In der 8. Klasse der Frühlingsoberrealschule in München, 1951
(H.R.: der Dritte von rechts in der mittleren Reihe)

pass, und dann ist Nacht geworden. Da hat sie Angst gekriegt, hat aber gesehen, dass ein Rauch aufgeht. Da war ein Haus. Dorthin ist sie gegangen und hat gefragt: »Bitte darf ich übernachten?« Dann haben die gesagt: »Im Heustadl darfst übernachten.« Dann hat sie sich gekämmt. Hat den Apfel gegessen. Einen Rosenkranz gebetet. Sich schlafen gelegt.
Am nächsten Tag ist sie hinunter ins Dorf. Und sie hat einen Zettel gehabt mit der Adresse, wo sie als Hilfszimmermädchen verdingt war. Aber sie war einen Tag zu spät dran. Der Posten war schon vergeben.
Die Großmutter hat zu weinen angefangen. Und die Leute haben Mitleid mit ihr gehabt und haben gesagt: »Wir suchen was anderes.« Dann haben sie was anderes gefunden. Da hat sie dann von Frühjahr bis Herbst in der Saison als Hilfszimmermädchen das Klosett geputzt. Im Herbst hat sie einen Franken gekriegt. Den Franken hat sie mitgenommen, hat's zu Hause abgegeben. Und nächstes Jahr mit zehn Jahren ist sie schon wieder in die Schweiz.

Sie sprechen sehr liebevoll über die harten Zeiten Ihrer Großmutter.
H.R.: Ja, da wird man hart. Und die Großmutter ist bis zu ihrer Todeskrankheit um halb sechs in der Früh aufgestanden und hat gemelkt und gearbeitet.

Hat das Leben auch Sie hart gemacht?
H.R.: Mich? So hart nicht. Aber manchmal merke ich schon, dass ich zu einem Viertel Vinschger bin. Die Leute aus dem Stein. Die Leute sind ja nicht aus Erde geformt wie Adam aus Lehm oder nicht aus dem Wasser gekommen wie die Leute an der Nordseeküste, sondern die Vinschger sind ja aus dem Stein gekommen. Und die ganzen Sagen und Märchen drehen sich ja um Stein.
Nicht umsonst ist der schönste Marmor auf der Welt aus dem Vinschgau. Michelangelo hat daraus seinen David gemeißelt.

Herr Sahner, es ist halb sieben. Um halb acht sind wir beim Essen. Sie sind ja morgen noch da. Da können wir weiterreden. Kommen Sie nicht zu spät.
(Herbert Rosendorfer schaut auf die Uhr.)
Sie entschuldigen mich bitte. Ich brauche etwas Zeit. In einer Stunde treffen wir uns dann im Girlaner Hof.

Herbert Rosendorfer kommt mit Julia und Cosima in den Girlaner Hof. Auch sein Freund Heinrich von Mörl gesellt sich zu uns und Lilo Waldthaler, die uns ja zusammengebracht hatte. Prosecco – auf die Gesundheit. Rosendorfer ist aufgeräumt. Er lacht viel. Erzählt Anekdoten. Knöpft sich Berlusconi vor. Berichtet von seiner Privataudienz bei Papst Benedetto, als dieser noch Kardinal Ratzinger war, und der sich eine halbe Stunde Zeit genommen hatte: nur für ihn.

Der nächste Morgen. Die Sonne scheint. Julia öffnet die Tür. Ihr Mann sitzt am Flügel. Er spielt Schubert.
Danach frage ich ihn, ob er in letzter Zeit mehr bete als früher.

H.R.: Nein. Beten in dem Sinn tue ich nicht. Ich spreche manchmal. Auf Fragebögen steht immer: Beten Sie? Dann sage ich: »Ja, ich bete jeden Tag: ›Lieber Gott, ich bitte dich, dass es dich gibt.‹«
Ja, ich rede mit dem, was vielleicht Gott ist. Aber beten, dass ich sage, bitte schön, bitte schön, mach, dass morgen die Zinsen um 0,5 Prozent steigen, das nicht.

Auf Ihrem merkwürdigen Rieger-Tisch liegt ein Käppi. Gewiss hat es eine Geschichte.
H.R.: Eine sehr schöne. Ich erzähl's Ihnen: In Rom gibt's einen Laden in der Nähe vom Pantheon. Kennen Sie sich ein bisschen aus in Rom? Quasi hinterm Pantheon. Via Santa Chiara. Da ist der Gammarelli, Firma Gammarelli, seit 200 Jahren päpstlicher Hoflieferant. Aber das ist ein normaler Laden. Und ich kaufe dort immer meine Strümpfe, weil ich nie Socken trage. Und der Gammarelli hat vorzügliche schwarze, er hat auch weiße und rote, ganz hervorra-

gende Qualität. Und preiswert sind sie auch. Erstaunlich. Beim ersten Mal bin ich hineingegangen und habe gefragt: »Entschuldigung, meinen Sie, dass ich so Strümpfe kaufen kann?« – »Was für eine Größe brauchen Sie?« Seitdem habe ich immer, wenn ich in Rom war, zwei Paar Strümpfe gekauft. Die gehen ja irgendwann wieder kaputt.

Preiswerte Strümpfe also. Aber was ist mit dem Käppi?
H.R.: Ja, dieses Käppi. Ich war immer mit einem Freund in Rom, der inzwischen leider verstorben ist. Und da sind wir oft beim Gammarelli davorgestanden. Einmal bin ich hineingegangen und habe drei Paar Strümpfe gekauft. Und ich habe gesagt: »Der Zucchetto« – Zucchetti, so heißen die Scheitelkäppis katholischer Geistlicher – »ist wahrscheinlich unverkäuflich.« Man muss sagen, der Laden der Gammarellis hat innen einen leicht sakristeiartigen Charakter. Wenn man da gezahlt hat und die Quittung kriegt, hat das schon eine leicht segnende Geste.
Nun ging also der junge Gammarelli hinter zum alten Seniorchef. Und der Seniorchef ist zu mir gekommen, hat mich streng gemustert und gesagt: »Sie werden keinen Missbrauch damit treiben! Versprechen Sie mir das, bei Gott.« Ich sagte: »Das ist nur für daheim, als Andenken.« Ja, also gut. 45 000 Lire kostete das Käppi damals, heute ca. 22 Euro.

Das nächste Mal bin ich hingegangen, da war ich so frech, habe gesagt: »Colore Cardinale?« – »Welche Größe?« – Eingepackt.

Das Käppi auf dem Tisch?
H.R.: Nein, das ist kein Kardinal. Das ist ein Monsignore.

Wann hat sie begonnen – diese Zucchetto-Leidenschaft?
H.R.: Noch zu Zeiten von Johannes Paul. Ich habe einen Zucchetto gekauft, der für ihn bestimmt war. Dann ist er gestorben. Da hatte meine Frau eine Idee. Erzähl du's, Julia.

J.R.: Ich habe mir gedacht, jetzt gucke ich mal spaßeshalber, was passiert, wenn ich das Käppi von Johannes Paul auf eBay einstelle.

H.R: Dann hat sie mich gefragt, und ich habe nach längerem Zögern gesagt: »Also, gut.«

J.R.: Es waren wirklich so wahnsinnig gläubige Menschen, die da geboten haben. Über 1 000 Euro. Nein, nicht Euro, es waren ja noch Mark.

H.R.: Nein, das waren Euro. Das war 2005.

J.R.: Der Käufer war so glücklich.

H.R.: Und beim nächsten Rom-Besuch bin ich hineingegangen zum Gammarelli und habe nur gesagt: »Einen Zucchetto, bitte.«
Ich habe jetzt noch ein paar päpstliche. Auch einen, der für Benedetto bestimmt war. Der kommt aber nicht auf eBay.

Herbert Rosendorfer zieht sich mit dem Fotografen Uli Skoruppa in sein Arbeitszimmer zurück.

Julia, Sie sind 30 Jahre jünger als Ihr Mann. Ist er tolerant?
J.R.: Toleranz muss man auch mit sich selber ausmachen. Letztendlich ist das immer wichtig in Beziehungen.
Ich habe mein Nest, wie Loriot mal so schön gesagt hat. Und da gibt's natürlich was draußen, aber dieses Nest, solange es besteht, ist wichtig. Alles andere muss man mit sich selber ausmachen, mit sich zufrieden sein, sonst wird es unangenehm.

Herbert Rosendorfer kommt zurück. Er wirkt erleichtert. Lieber malt er, als fotografiert zu werden. Worüber wir gerade gesprochen haben, will er wissen. Ach? Über Toleranz?

Julia und Herbert Rosendorfer im Innenhof des Ansitzes Massauer in Eppan

H.R.: Da muss ich sagen, dass meine Frau mich in keiner Weise einschränkt. Wenn ich sage, ich fahre jetzt nach Bozen hinein, dann fragt sie vielleicht schon: »Was machst du dort so?« Oder sie fragt nicht. Ich sage natürlich auch: »Ich habe dieses und jenes zu tun.« Ich habe eine Menge zu tun. Sie macht das genauso. Sie sagt: »Du, Freitagabend bin ich in Bozen zum Essen.« Wir haben auch jeder so seine Freunde, klar.

Aber eine offene Ehe, wo jeder seine Bettgenossen hat, wäre nicht mein Ideal. Also, mit nahezu 80 Jahren ist die Sache sowieso nicht mehr wichtig. Toleranz ist nicht nur in der Ehe geboten, sondern überhaupt etwas Wichtiges, in der Gesellschaft, in der Politik, in allen Dingen. Und ich glaube, dass ich ein toleranter Mensch bin. Ich bin nur nicht tolerant gegen die Intoleranz.

Sprechen Sie mit Ihrer Frau darüber, was dereinst zu tun ist?

H.R.: Ich habe ihr verschiedene Sachen gesagt, also aufgeschrieben.

Ich meine, der natürliche Lauf der Dinge ist, dass sie mich überleben wird, und das hoffe ich auch. Es gibt so eine Liste, wo ich aufgeschrieben habe, was dann notwendig zu tun ist. Und dass man bei meiner Beerdigung ja keinen Gemeindegesang macht. Weil den finde ich so fürchterlich, wenn die miteinander so falsch singen. Es darf nur ein Streichquartett spielen. Das ist genau geschrieben.

Welches Stück haben Sie ausgewählt?
H.R.: Am Anfang den zweiten Satz von Verdi, Streichquartett. Der Pater Urban, mit dem ich ein bisschen befreundet bin, ist ein sehr toleranter, offener Mann, sehr, sehr nett. Der hat mir versprochen, dass er eine Predigt hält.
Und dann kommt Mozart, der zweite Satz aus dem Klavierkonzert 456, und zum Schluss der zweite Satz von *Der Tod und das Mädchen* von Schubert. Wenn das nicht allzu viel ist. Wenn kein Streichquartett aufgetrieben werden kann, muss es halt mit Tonband sein.

Erstaunlich, wie selbstverständlich Sie über die Endlichkeit reden, fast heiter, jedenfalls gelöst.
H.R.: So fühle ich mich auch. Ich selber gehe ungern auf Beerdigungen, besonders hier. Da wird der Rosenkranz geleiert. Das ist fürchterlich. Neulich erst ist hier eine Wirtin gestorben. Und da bin ich natürlich zur Beerdigung. Dann sind sie so beim Rosenkranzleiern. Da habe ich mich mit meinem Freund Heini weggeschlichen.

Sind Sie ein Misanthrop, Herr Rosendorfer?
H.R.: Ich habe sicher misanthropische Züge. Aber Misanthrop im Kern bin ich sicher nicht. Da mag ich viel zu viele Menschen viel zu gern. Ganz konkrete Menschen. Also, nein. Misanthrop im Sinn von Molière, das bin ich nicht, ganz sicher nicht.

Wo landet ein Mensch, der sich irgendwie im Grenzland zwischen Agnostiker und kritischem Katholizismus bewegt?
H.R.: Es gibt vermutlich einen Himmel für kritische Katholiken, der so ein bisschen in das Heidnische hinüberspielt. Da sind auch die heidnischen Götter. Da sind Zeus und Venus. Auf die Venus freue ich mich natürlich besonders, Amoretten dort oben sind erwünscht. Aber auch der heilige Franziskus wird sich gelegentlich zeigen. Ich nehme an, dass es da etwas gibt, wo nicht unbedingt der Papst und das Kardinalskollegium versammelt sind.

Hildegard von Bingen könnte dort sein?
H.R.: Die könnte das Ganze beleben.

Gibt es dort oben den Gott, zu dem Sie gelegentlich beten, dass es ihn gibt?
H.R.: Ich meine, dass der Urknall, also die Ursache aller Ursachen, nicht alleine entstanden sein kann. So-

dass es in einer anderen Seinsdimension einen … nun ja, Gott gibt. Und möglicherweise ist das, was das Christentum als den Heiligen Geist bezeichnet, das Einzige, was uns mit diesen Wesen in dem anderen Sein vielleicht verbindet. Und mit diesem Geist rede ich manchmal und frage ihn: »Was ist jetzt los?«

Fragen ist besser als Beten?
H.R.: Natürlich hilft Beten sicher vielen Menschen in schlimmen Lebenslagen. Ich neige eher dazu zu analysieren. Das hilft mir mehr. Wenn ich weiß, wohin und woher.
Aber sicher ist das Beten ein Hilfsmittel, es hilft schon. Wenn jemand fest daran glaubt, felsenfest zum Beispiel an die leibliche Himmelfahrt Mariens, dann ist dagegen nichts zu sagen.

Sie sprechen ganz bewusst von anderen Menschen, aber nicht von sich. Doch genau das würde mich interessieren.
H.R.: Da zitiere ich mich am besten selbst: Ich beginne, an der Nichtexistenz Gottes zu zweifeln.

Mich fasziniert Ihre bemerkenswerte Haltung. Sie wirken wie jemand, der angekommen ist.
H.R.: Ich bin ja glücklich, weil ich in der Lage bin, weiter zu schreiben, weil mir noch was einfällt, weil

ich – was vielleicht sogar an erster Stelle steht – eine glückliche funktionierende Familie habe, auch wenn meine Tochter sehr distanziert im Moment ist. Das ist altersbedingt. Aber es ist doch ein sehr schönes Verhältnis mit dem Kind und mit meinen anderen Kindern, die weiter weg sind, sowieso.
Ich genieße, dass es immer noch Menschen gibt, die gerne das lesen, was ich schreibe. Es ist gut, weil ich viele gute Freunde hier habe und in der Welt. Auch das gehört zum Glück. Auch dass die Finger noch reichen fürs Klavierspielen.

Wie oft spielen Sie Klavier?
Jeden Tag. Sie haben mich doch heute früh gehört. Normalerweise spiele ich nur, wenn niemand zuhört.

Er spielt. Chopin. Ohne Noten. Er vergisst den Besuch. Nach etwa fünf Minuten hört er auf. Seine Augen glänzen. Es war wunderbar.

Herr Rosendorfer, 1970, nach Erscheinen Ihres Buches Der Ruinenbaumeister *hat das Magazin* Spiegel *Sie verglichen mit Boccaccio, E. T. A. Hoffmann, Jean Paul und Kafka.*
H.R.: Ja, plötzlich hatte ich sozusagen einen Gipfel erreicht, von dem aus es nur noch abwärtsgegangen ist. (lacht) Einen solchen *Spiegel*-Artikel habe ich nie

2. Sarabande

Eine Sarabande, komponiert von Herbert Rosendorfer für seine Enkelin Tizia

mehr erzielt. Ich habe mir gedacht, *Ruinenbaumeister*, da wird so eine kleine Notiz in der *Süddeutschen Zeitung* kommen. Aber der *Spiegel!*

Ein großartiges Buch.

H.R.: Auch *Der Ruinenbaumeister* ist bestimmt im Laufe der Zeit, zusammen mit den Übersetzungen, eine Million Mal verkauft worden. Dabei hatte Daniel Kehl, der Schweizer Verleger seligen Angedenkens, berühmt durch seine eidgenössische Vorsicht, nur 2 000 Exemplare aufbinden lassen. Und dann ist diese Bombe explodiert: Die 2 000 Exemplare waren in einer Woche weg. Und er konnte nicht mehr bis Weihnachten nachdrucken. Er hätte 200 000 verkauft. Und er hat sich also in den Popo gebissen, dass er da so vorsichtig war. Mir hat er gesagt: »Weischt, ich habe mich nicht getraut.« Aber dann hat er schnell nachgedruckt und sich die Hände gerieben.

Das Buch wird bis heute gekauft. Ist dann übergegangen von Diogenes an den nymphenburger Verlag.

Bei Herbert Fleissner haben Sie später die meisten Ihrer Bücher veröffentlicht.

H.R.: Ich hatte ihm ja auch den *Ruinenbaumeister* angeboten, als Fragment. Und dann habe ich einen Brief zurückgekriegt. Nicht mal DIN A4, sondern nur eine halbe DIN-A4-Seite, immerhin aber mit Kopfbogen, aber nicht vom Fleissner, sondern von irgendeinem Lektor. »Wir haben mit Interesse Ihr Manuskript gelesen. Leider passt das nicht zu uns.« Na schön, dann hat Fleissner 1980 für viel Geld vom Diogenes Verlag die Rechte für die alten Bücher gekauft. Wie wir den Vertrag gemacht haben mit ihm, habe ich den halben Zettel mitgenommen. Und wie wir fertig waren und unterschrieben haben, meinte ich: »Sie hätten's billiger haben können.« Dann hat er natürlich gelacht.

J.R.: Humor hat der Herbert Fleissner, so schwarz.

Humor und Geschäftssinn halten sich bei ihm die Waage.

H.R.: Der Fleissner hat mir immer wieder erzählt: »Wenn Kishon kommt, fragt der grundsätzlich als Erstes: ›Entschuldigung, darf ich an Ihr Telefon gehen?‹ Und dann ruft er seine Cousine in Chicago an, gern eine Stunde.« Ich hab das selber mal erlebt, als ich im Verlag war. Plötzlich meldete die Sekretärin den Besuch an und sagte: »Herr Kishon ist überraschend da.« Darauf der Fleissner: »Ja, der soll reinkommen.« Dann kam der Kishon rein und sagte: »Darf ich an Ihr Telefon? Ich muss dringend mit meiner Cousine in Chicago telefonieren.«

Ihr Vater war Nazi. Wie sehen Sie das heute?
H.R.: Ob mein Vater nach dem Krieg auch noch Nazi gewesen wäre, bezweifle ich. Er war natürlich für den Erfolg vom Vaterland, und der »Führer« war das ganz Große, sein Alles. Würde Vater heute noch leben, würde ich ihn fragen: »Wie bist du damit fertiggeworden, dass der Freund deines lieben Hitler, nämlich der Mussolini, uns Südtiroler verkauft hat?« Den Mussolini hat Vater gehasst und den Hitler hat er geliebt.
Es gibt einen Brief von ihm an seine Schwiegereltern, die Eltern meiner Mutter, wo er schreibt: »Nach dem Krieg werden wir auferstehen aus dunkler, grauer Städte Mauern. Wir kriegen die Krim geschenkt vom Führer, und da werden wir auf die Krim ziehen.«
Mein Vater war ein fürchterlicher »Italienerfresser«. Aber so, wie er das letzte Mal gekommen ist aus Afrika – er war beim Rommel –, das hat mir meine Mutter später erzählt, da hat er andere Töne angeschlagen. »Also die Italiener, denen ist es wichtiger, dass wir die letzte Zigarette teilen, als dass wir da besonders fest schießen. Die Vorsicht ist die Kehrseite der Tapferkeit.« So. Da hatte er andere Töne. Also könnte es sein, dass er nach dem Krieg anders gedacht hätte. Aber dazu ist es ja nicht gekommen.

Was war mit Ihnen in dieser Zeit?
H.R.: Ich war natürlich indoktriniert durch die Schule. Ich war ja dann beim Jungvolk, also diese Vor-HJ. Wir haben natürlich »Heil, Heil Hitler« geschrien beim Marschieren.
Ich war dann in einer Art HJ-Lager, da musste man 14 Tage lang Uniform tragen. Ich war zehn Jahre alt. Wie mich die Großeltern abgeholt haben und ich die Uniform gegen die Zivilkleidung getauscht habe, war ich so froh, dass ich das Zeug endlich wegtun konnte. Ich bin ein sogenannter weißer Jahrgang.
Da hat's eigentlich angefangen, meine kritische Haltung gegenüber dem Nationalsozialismus und allem, was in diese Richtung geht. Vielleicht hätte ich mich mit meinem Vater auch fürchterlich gestritten darüber. Vielleicht.

Wie hat Ihnen das Israel-Gedicht von Günter Grass gefallen?
H.R.: Ich habe nur den Kopf geschüttelt und habe gesagt: »Jetzt hat ihn der Altersschwachsinn ergriffen.« Es ist ein schlechtes Gedicht. Das heißt, es ist überhaupt kein Gedicht eigentlich. Es tut so, als sei es ein Gedicht.

J.R.: Dass sich jemand wie Grass so deklassiert, ist schon auch schade.

Für welches Werk hätten Sie den Literaturnobelpreis verdient?
H.R.: Für *Kadon, ehemaliger Gott.* Für diesen kleinen Roman. Das war überhaupt ein völliger Flop.

Herr Sahner, lassen Sie uns zu guter Letzt noch ein wenig über Sie sprechen. Es war ein interessantes Gespräch. Mich wundert, dass ich so viel von mir preisgegeben habe. Nun möchte ich wissen, welche Ansichten Sie über das Leben hinaus haben, Sie, der immerhin zehn Jahre Jüngere.

Paul Sahner: Nun gut, was ich Ihnen dazu erzählen kann, liegt zehn Jahre zurück. Ich war Gast in Hamburg in Reinhold Beckmanns Talkshow. Ich hatte kein gutes Gefühl. Denn an diesem Tag hatte meine 88-jährige Mutter, die an Demenz litt, in dem Stift, wo sie seit neun Monaten lebte, einen Schwächeanfall erlitten. Auf meinem Weg mit dem Taxi zurück ins Hotel rief meine Schwester an. Es war kurz nach Mitternacht. Sie sagte: »Mutter ist tot.« – »Wie waren ihre letzten Minuten?«, wollte ich wissen. Meine Schwester: »Ich benetzte ihre trockenen Lippen. Dann sangen wir beide Marienlieder. Sie kannte auf einmal jedes Wort, es schien, als habe die Demenz sie plötzlich verlassen. Zum Schluss sagte sie zu mir: ›Juhu, schau mal die Engelchen. Juhu, ich komme.‹«

Herbert Rosendorfer an seinem Schreibtisch in Eppan

H.R.: Ein wunderbarer Tod. Haben Sie Ihre Mutter noch einmal gesehen?

P.S.: Ich verließ noch in derselben Nacht das Hotel und fuhr nach Bad Lippspringe. Auf meinen Wunsch hatte meine Schwester die Ärzte gebeten, die Mutter bis zu meinem Eintreffen in ihrem Bett liegen zu lassen. Ich wollte mich von ihr verabschieden. Ihre Gesichtszüge waren sehr entspannt. Ich legte mich für ein paar Minuten neben sie, bedankte mich bei ihr und streifte ihr den Ehering ab, den ich seitdem an meinem Schlüsselring trage. Hier, sehen Sie.

H.R.: Wo wähnen Sie Ihre Mutter?

P.S.: Dort, wo sie unbedingt hinwollte: im Himmel.

H.R.: Glauben Sie daran?

P.S.: Sie glaubte daran.

PIETÀ

Dass alle Wege nach Rom führen, stimmt, so lange man den Weg Richtung Rom einschlägt. Steigt man beispielsweise in ein Flugzeug mit Ziel Paris, ist es eher unwahrscheinlich, dass man in Rom landet. Man müsste auf eine Flugzeugentführung oder Trunkenheit des Piloten hoffen. Roma Aeterna, die Ewige Stadt – auch dies ist fraglich. Doch die Liebe Herberts zu Rom war eine ewige. So führte unsere erste gemeinsame Reise in die Stadt der sieben Hügel (auch das reine Legende).

An Orten, die man liebt, die der Seele nahe sind, bewegt man sich, als gehöre man dazu, ja fast, als sei dieser Ort nur für einen geschaffen worden. Herbert bewegte sich in Rom, auf dem Terrain seiner Herzensheimat, fast stolz, als wolle er sagen: Dies ist meine Stadt. Wenn man zum ersten Mal an einen Ort kommt, fühlt man sich nicht selten wie ein Außerirdischer, fremd, umgeben von unzähligen neuen Eindrücken. Ich stelle fest: gut – gutes Essen, schöne

Museen, viele Katzen, viel Grün, nette Cafés, nette Menschen; nicht gut – zu viel Lärm, zu viel Verkehr, zu viele Kirchen, vor allem Letzteres.
Der Liebe Herberts zu dieser Stadt kann man sich kaum verschließen, sein Wissen ist enorm, fast erschlagend. Herbert kann nahezu die Geschichte eines jeden Steines erklären, sei es im Forum, im Kolosseum, in der Villa Massimo oder in irgendeiner der Kirchen. Wir gehen, so weit die Füße tragen, wobei ich oftmals nicht sicher bin, ob meine noch vorhanden sind. Doch will man keine Schwäche zeigen.
Die nächste Kirche lauert um die Ecke. Die Kirchen Roms werden zum orthopädischen Leidensweg. Kirchen, wohin das Auge reicht. Rom besteht aus Kirchen, eine Kirche führt in die nächste, übergangslos. Es hätte mich nicht überrascht, wenn die Kirchen auch übereinandergebaut wären, Hochkirchen quasi. Manchmal, eher sehr selten, hat man eine Bar zwischen die Kirchen eingefügt. Eine Bar, heißt, dass man im Stehen – Sitzen kostet extra – einen Espresso in sich hineinschüttet. Maximale Aufenthaltsdauer drei Minuten. Man stellt fest, dass man keinen Espresso verträgt. Das ist schlecht. Gut ist die Entdeckung eines sehr farbigen Getränks, des Crodino, der so schmeckt, wie er aussieht: mysteriös und herrlich – kurz gesagt, sehr orange. Kirchen haben auch

ihr Gutes: Sie sind abends geschlossen. In dieser Zeit hat man also Gelegenheit, in einem der zahlreichen schönen Lokale dem Hungertod entgegenzuwirken und den bei den Kirchendurchquerungen erworbenen sakralen Hauch des Tages mit einem Glas Wein hinunterzuspülen. Herbert kennt Rom auch kulinarisch wie seine Westentasche, wird in den meisten Lokalen überschwänglich begrüßt. Die römische Küche ist einfach, doch stets gut.

Dass auch der Petersdom eine Kirche ist, merkt man spätestens, wenn man drin ist. Die äußerliche Regierungssitzoptik verwandelt sich innen in heilige Hallen erschlagenden Ausmaßes. Doch hier, gleich nach Betreten des Doms, wird unsere Reise uns innehalten lassen. Wir stehen vor Michelangelos Pietà, Herbert ist sehr still, sichtlich ergriffen. Er sagt mir – und mir ist ganz bewusst, er meint dies ernst –, dass er, wenn einmal sein Ende kommt, von mir an diese Stelle gebracht werden möchte, um noch einmal diese Pietà sehen zu können. Mich berührt und ängstigt es zugleich. Es wird das erste und einzige Mal sein, da er so direkt über seinen Tod spricht.

Nach Rom hat er es am Ende nicht mehr geschafft, aber zurück an den Ort seiner Geburt, wo er auf dem alten Grieser Friedhof im Lichte des Rosengartens, bewacht von würdevollen Katzen, seine letzte Ruhe fand.

Katze am Grieser Friedhof

DIE BEDEUTUNG DES ALLTÄGLICHEN ODER: GÜNTHER JAUCH REGIERT

Der sogenannte Normalbürger, der Konsument dessen, was der Künstler produziert, geht meist davon aus, dass der Kunstschaffende, der Intellektuelle, auch seine Freizeit mit ausschließlich intellektuellem Schaffen verbringt. Dass ihm entweder der Kopf von anspruchsvoller Lektüre raucht oder er von einer Vernissage zur nächsten hetzt, andächtig in Konzertsälen der Kammermusik lauscht oder an sich und der Welt leidet. Nun sollte man keine Illusionen zerstören, doch Tatsache ist, dass der gemeine Intellektuelle sich, um dem erschöpften Geist und den rauchenden Gehirnwindungen Erholung zu gönnen, nur allzu gern dem völlig Banalen hingibt oder zumindest Zerstreuung in der »leichten Unterhaltung« sucht. Viele Literaten, Filmschaffende und Kabaret-

tisten sind zum Teil fanatische Fußballfans und verstehen bei diesem Thema keinen Spaß.
Herbert hat sowohl den Sport als auch, konsequenterweise, Sportler und ihr in seinen Augen zweifelhaftes Tun zutiefst verachtet. Ebenso die sogenannte U-Musik und das Fernsehen. Doch bei Letzterem gab es eine Nische, die sich mit der Zeit zu einem unumgänglichen Ritual entwickeln sollte. Eine einzige Sendung hatte es ihm angetan, nichts anderes schaute er an, und man musste sich dieser Sendung zeitlich unterordnen. Die Mahlzeiten, Unternehmungen, ja sogar Lesereisen wurden manchmal der Ausstrahlung der Sendung unterworfen. Eine Sendung, die zweimal in der Woche einem Menschen die Möglichkeit gibt, Millionär zu werden. Man muss nichts anderes tun, als allwissend zu sein, und darf sich nicht dem Irrglauben hingeben, man könne dem Mienenspiel des Moderators Günther Jauch eine Eingebung entlocken.
Ja, Herbert war ein Fan von Günther Jauch. Die Sendung war der Straßenfeger der Familie, stets saßen wir zu dritt davor. Ein Familienabend, wie ein Ritual, die so beruhigende Regelmäßigkeit des Vertrauten. Man diskutierte über Fragen und Kandidaten, war stets einer Meinung mit Günther Jauch, was die Sympathien betraf.

Ich wollte Herbert mit einer Reise nach Köln in die Sendung überraschen. Der Veranstalter teilte mir mit, dass die Wartezeit für Karten ca. 18 Monate betrage – Herbert hatte nur noch sieben Monate.
Die Wertschätzung von Ritualen, die Achtung des Alltäglichen bereichern das Leben jeden Tag – man wartet nicht auf das »Besondere«, sondern erfreut sich am Sein.

Herbert Rosendorfer und Konstantin Wecker

Besuch bei Familie Wecker in der Toskana

GESAMTKUNSTWERK ROSENDORFER

Kennengelernt habe ich Herbert bei einer Radiosendung im Bayerischen Rundfunk. Es ging um Bildung: Schützt Bildung vor Unmenschlichkeit? Wir erörterten die bekannten Beispiele: Goebbels war gebildet und klug. Also Klugheit schützt erst mal nicht davor, ein Arschloch zu werden. Bei einigen Hochbegabten, die ich kenne, hindert ihre Bildung die Menschlichkeit. Herbert und ich kamen schnell überein, dass es keinen Sinn hat, gebildet zu sein, wenn man nicht seine Intellektualität ans Herz anbindet. Das ist eines meiner Hauptthemen. Und ich habe das Gefühl, dass Herbert dies bis zu seinem Tod genauso sah.

Da wussten wir schon bei unserer ersten Begegnung, dass wir uns nah und sympathisch waren.

Dann trafen wir uns öfters. Ich war schon sehr stolz darauf, mich mit diesem so überaus gebildeten Mann, dem Autor der *Briefe in die chinesische Ver-*

gangenheit – eines Kultbuches meiner und späterer Generationen –, treffen zu dürfen.

Er war frisch verliebt in seine Studentin Julia, als wir uns wieder mal trafen. Sie besuchten mich in meinem Haus in Grünwald. Sie saßen am Fußboden, turtelnd verliebt.
Das war der Beginn einer großartigen Freundschaft. Ich fühlte mich geehrt, als er das wunderbare Vorwort für meinen Gedichtband schrieb, auch eine Rede hielt zur Verleihung des Poetentalers der Münchner Turmschreiber.

Gesamtkunstwerk Rosendorfer. Musikkenner, Musiker, enzyklopädischer Geist, wie ich ihn lebend, man sagt das Gleiche ja Humboldt nach, noch nie in dieser Form gesehen habe. Du brauchtest kein Google bei Herbert Rosendorfer. Er wusste fast alles, wenn es nicht gerade um die neuesten Errungenschaften der Popmusik ging. Und wir konnten uns auch mal das Herz ausschütten über Beziehungsprobleme. So unter Männern eben.

Eines Tages rief er an, er würde gern ein Hörbuch mit mir in Eppan aufnehmen. Wir haben so viel Spaß gehabt, weil jede kleine Glosse ja wieder typisch Rosendorfer war. Ich konnte also kein einziges Stück lesen, ohne zu unterbrechen, weil ich ständig lachen musste. Er hat dann auch viel gelacht. Und Julia meinte, sie habe ihn selten so locker erlebt wie an diesen zwei Tagen. Vielleicht beflügelte ihn sogar die Vorahnung, dass dies sein letztes Hörbuch sein könnte.

Abends beim Wein diskutierten wir ausgiebig und lachend ein philosophisches Paradoxon, das er in einer seiner Glossen so wortmächtig behandelte: Wenn Gott allmächtig ist, dann muss er ja einen Stein schaffen können, der so schwer ist, dass ihn selbst Gott nicht heben kann. Wenn er ihn aber nicht heben kann, ist er nicht allmächtig. Wir kamen ebenso wenig wie alle Philosophen vor uns zu einer Lösung des Rätsels. Früher einmal haben wir etwas gestritten, weil ich zwar aus der Kirche ausgetreten, aber sehr von der christlichen Mystik beseelt war. Herbert meinte, ich sollte das lieber rational betrachten. Ich glaube, gegen Ende seines Lebens wandte auch er sich der Mystik zu.

Er war auf der Suche in diesen Tagen, die Gespräche waren so leicht, weil keiner sich festgebissen hat. Natürlich weiß man auch, da sitzt jemand, der wird vielleicht in den nächsten Monaten sterben. Er musste sich nachmittags immer hinlegen. Dabei wirkte er mit seinen 78 Jahren wie ein ewig junger

Geist, so wach. Wir saßen noch zusammen am Flügel. Ich erzählte ihm von Eugen Drewermann, der in seinem letzten Buch, *Die sieben Tugenden,* so gekonnt über die Kirche herzieht, gleichzeitig aber ein ungeheuer religiöser Christ ist. Wir hörten gemeinsam Mozart, da weiß ich nämlich besser als in jeder Kirche, dass es Gott gibt, etwas Göttliches auf jeden Fall. Herbert verstand mich. Wir philosophierten: Könnte es sein, dass am Ende des Lebens, wenn das Ego und der Körper zerbrechlicher werden, die tiefere Einsicht siegt? Könnte es sein, dass ein Atheist angesichts der Endlichkeit in ein Schlussgejammer verfällt, um doch noch ins Himmelreich zu gelangen? Wir kamen zur Erkenntnis, dass der Agnostiker wohl am leichtesten in den Tod geht.

Ach, meinte Herbert, solange ich noch schreiben kann, bleibe ich ein Suchender.

Er klagte nie, er hat ihn angenommen, den Tod, vielleicht sogar wie einen Freund. Genau weiß ich das natürlich nicht.

Ich vermisse ihn, den Freund, den Seelenverwandten, den Gelehrten, den Dichter und mit ihm einen der geistreichsten Menschen, denen ich jemals begegnen durfte.

Konstantin Wecker
im Juli 2013

VESPERGESPRÄCHE I: DER DIPLOMAT UND DER DICHTER

Wirklich gern gehört hat es Herbert Rosendorfer nicht, wenn man sein Werk irgendwie in die Nähe Fritz von Herzmanovsky-Orlandos stellte. Trotzdem gelangten viele seiner Leser über eben diesen Umweg zum *Ruinenbaumeister* und den folgenden Romanen der 70er-Jahre. Mir erging es nicht anders, und irgendwann meinte mein sehr belesener Vater: »Wenn du ihn so magst, warum schreibst du dem Rosendorfer nicht einmal? Schriftsteller sind Künstler, und keinen Künstler hat es noch gestört, wenn man – natürlich positiv! – auf sein Werk eingegangen ist.« Er sprach aus Erfahrung, hatte er doch noch als Halbwüchsiger, um 1920, der von ihm hochverehrten Selma Lagerlöf geschrieben und war mit der großen Schwedin bis zu ihrem Tod, 1940, in brieflicher Verbindung geblieben.

Irgendwann nahm ich mir seinen Rat zu Herzen –

und bekam bald eine sehr nette Antwort Rosendorfers. Mitte der 90er-Jahre erst – ich war von meinem Dienstposten in Lima, Peru, auf Heimaturlaub in Tirol – lernten wir uns bei einer seiner Lesungen in Telfs persönlich kennen. Der Versuch, ihn zu Lesungen nach Südamerika zu locken, etwa in Zusammenarbeit mit dem Goethe-Institut, scheiterte zwar, er wäre aber nicht Rosendorfer gewesen, hätte seine Phantasie nicht sofort eingehakt. In diesem Fall zeugte sie einen witzigen Kommentar über ein imaginäres Goethe-Institut auf den … Falklandinseln. Erst auf meinem letzten Dienstposten, in Triest, ließ er sich zu einem Leseabend bei der Österreichischen Gesellschaft überreden. Die Aura der Stadt, in der James Joyce und Italo Svevo gelebt hatten, und die Erwartung eines Treffens mit Claudio Magris mögen hilfreich gewesen sein, und in den paar Tagen, die wir Herbert damals in einem unserer Gästezimmer beherbergten, lernten wir uns etwas näher kennen.

Intensiv wurde unsere Verbindung ab 2001, seit meine Frau und ich als Pensionisten im Winterhalbjahr in Wien leben, zur schönen Jahreszeit auf einem ererbten Bauernhof in der Nähe von Innsbruck, von Rosendorfers Wohnsitz in Eppan kaum anderthalb Autostunden entfernt. Wir trafen uns wiederholt im schönen Hotel Ansitz Tschindlhof seines Freundes

Heinrich von Mörl, und wenn er in München zu tun hatte, pflegte er die Fahrt bei uns zu unterbrechen, am liebsten zur Mittagszeit mit anschließender Gelegenheit zur Siesta, die wir beide zu den Menschenrechten zählen. Aber auch in Alltagsdingen zeigten sich überraschende Übereinstimmungen zwischen zwei alten Herren – er war ja nur um ein Jahr älter. In Erinnerung an die Hungerjahre nach dem Krieg widerstrebte es uns beiden, Essbares verkommen zu lassen. Ein zu klein gewordenes Stück Seife pflege ich auf das nächste, frische, zu drücken. Herbert bemerkte es bei einem Besuch lachend: Er halte es ebenso.

Man kann trotzdem eine Vorliebe für Maßkleidung und Maßschuhe entwickeln, wenn man sich das leisten kann – vorausgesetzt man weiß, dass es auch anders geht, und genau das mussten unsere Jahrgänge in früher Jugend ausgiebigst erfahren. Für seine Manuskripte – es waren wirklich solche, nämlich handgeschrieben – verwendete er durchwegs Makulatur, die Rückseiten der vielen Zusendungen benützend, die täglich ins Haus flatterten. Nur – billigen Rotwein trinken, dazu ist das Leben nicht lang genug. Auch darin stimmten wir überein.

In einem Fall freilich hatte die umseitige Verwendung bedruckten Papiers eine unerwartete Folge: Rosendorfer zeichnete und malte ja auch, und offenbar nahm er für Aktzeichnungen auch Fotos der jeweiligen Modelle zu Hilfe. Dass er die Rückseiten der betreffenden Ausdrucke dann für seine Schreibarbeiten verwendete, kam auf, als ich irgendwann auf einem Flughafen eine längere Wartezeit zur Reinschrift eines Rosendorfer-Manuskripts auf meinem Laptop nutzte. Ein seltsames Kichern und grinsende Gesichter vom Nebentisch her machten mich stutzig, während ich im Manuskript umblätterte. Die Akt-Fotomontagen! Selber hatte ich nicht darauf geachtet.

Ja, ich habe im Laufe von mehr als zehn Jahren sehr viel für Freund Herbert ins Reine geschrieben. Zunächst nur Kleinigkeiten, Glossen, Kommentare, Beiträge für Kulturzeitschriften und Ähnliches, dazu bald Erzählungen – laut Selbsteinschätzung Rosendorfers seine eigentliche Stärke –, weiters wohl ein Dutzend Theaterstücke, Historisches und schließlich Romane sowie als Letztes den noch nicht erschienenen, erst im Sommer 2012 abgeschlossenen Roman »Martha und das schadhafte Leben«. Ich habe ja Zeit, gehöre auch nicht zu denen, die vorgeben, als Pensionisten erst recht nicht mehr zu wissen, wo ihnen der Kopf steht. Aber ich hätte das alles nie übernommen, wäre es auch nur für eine Minute langweilig gewesen. Es geschah ausschließlich zum Vergnügen, ohne jedes materielle Interesse, und ich

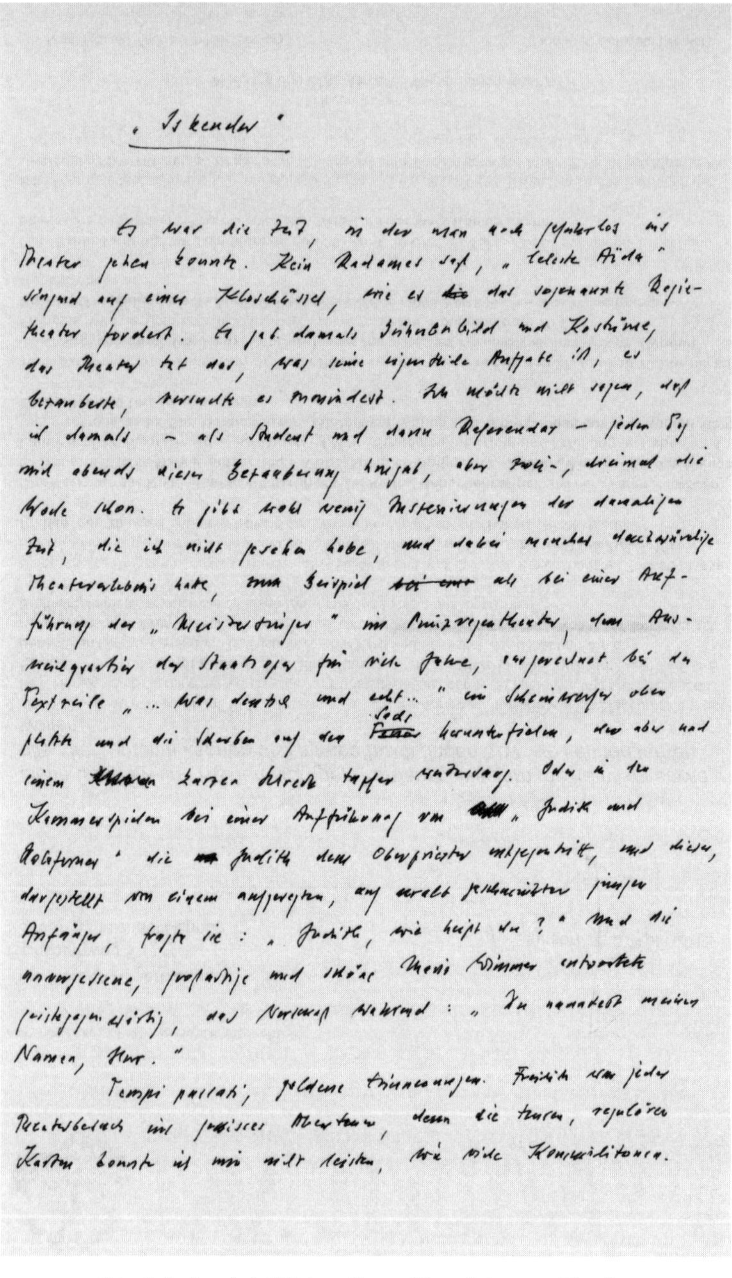

„Iskender"

Es war die Zeit, in der man noch gefahrlos ins Theater gehen konnte. Kein Radames saß, „Celeste Aida" singend auf einer Klosettschüssel, wie es ~~das~~ das sogenannte Regietheater fordert. Es gab damals Bühnenbild und Kostüme, das Theater tat das, was seine eigentliche Aufgabe ist, es bezauberte, versuchte es zumindest. Ich möchte nicht sagen, daß ich damals – als Student und dann Referendar – jeden Tag mich abends dieser Bezauberung hingab, aber zwei-, dreimal die Woche schon. Es gibt wohl wenig Inszenierungen der damaligen Zeit, die ich nicht gesehen habe, und dabei manches denkwürdige Theatererlebnis hatte, zum Beispiel ~~bei einer~~ als bei einer Aufführung der „Meistersinger" im Prinzregententheater, dem Ausweichquartier der Staatsoper für viele Jahre, ausgerechnet bei der Textzeile „... was deutsch und echt ..." ein Scheinwerfer oben platzte und die Scherben auf den ~~[illegible]~~ Sachs herunterfielen, der aber nach einem ~~[illegible]~~ kurzen Schreck tapfer weitersang. Oder in den Kammerspielen bei einer Aufführung von ~~[illegible]~~ „Judith und Holofernes" die ~~[illegible]~~ Judith dem Oberpriester entgegentritt, und dieser, dargestellt von einem aufgeregten, auf uralt geschminkten jungen Anfänger, fragte sie: „Judith, wie heißt du?" Und die unvergessene, großartige und schöne Maria Wimmer antwortete geistesgegenwärtig, das Verhängnis wendend: „Du nanntest meinen Namen, Herr."

Tempi passati, goldene Erinnerungen. Freilich war jeder Theaterbesuch ein gewisses Abenteuer, denn die teuren, regulären Karten konnte ich mir nicht leisten, wie viele Kommilitonen.

Seite 1 des handschriftlich verfassten Manuskripts zu »Iskender«

blieb vollkommen unabhängig. Ein Belegexemplar mit Widmung, wenn wieder etwas in Buchform erschienen war, oder eine Flasche exquisiten Rotweins, das schon. Sonst? Ein vorlauter Neffe fragte einmal meine Frau: »Tante Mária, was zahlst du eigentlich dem Rosendorfer, dass er dem Onkel Artur etwas zu tun gibt?«

Freund Herbert hat auch nie gedrängt, hat nie Termine gesetzt, allerdings merkte er rasch, dass ich nicht zum Trödeln neige. Von Anfang an war stillschweigend vereinbart, dass offenbare Flüchtigkeitsfehler verbessert und zu lange Schachtelsätze ebenso ungefragt entflochten wurden. Dennoch blieben Seiten und Seiten von Fragen, Anregungen, Klarstellungen, die zwischen Eppan und Wien oder Tirol per Fax sozusagen hin- und herflatterten. Im Gespräch mit meiner Frau gestand Herbert irgendwann, sich nun auch Ungenauigkeiten wie Wiederholungen und dergleichen erlauben zu dürfen: »Der Artur merkt es ja immer.« Sollte ich mich nicht geschmeichelt fühlen?

Dennoch wurde es fallweise heikel, nämlich wenn es galt, dem Autor da und dort »das Wilde herunterzuräumen.« Wie bei seinen wiederholt wütenden Ausfällen gegen islamischen Extremismus. Der Hinweis, dass *ein* Salman Rushdie wohl genüge, tat dann meistens seine Wirkung. Weniger erfolgreich erwiesen sich Bedenken gegen Rosendorfers antikirchliche, präzis: antikatholische Tendenzen vor allem in seinem mehrbändigen Werk *Deutsche Geschichte – Ein Versuch*. Da kam es tatsächlich zu ein paar härteren Bandagen, bei denen unserer Freundschaft einiges zugemutet wurde. Sie hat es ausgehalten, festigte sich sogar, meine ich.

Das alles wurde zugedeckt, wäre es denn nötig gewesen, von unser beider Freude an der gemeinsamen Arbeit. Da ging kaum eine Woche vorüber ohne ausführliche Telefongespräche zum gerade aktuellen Thema, »… was meinst du …?« »… könnte man …?« »sollte man vielleicht …?« »… wie wäre es, wenn …?« Manche Kapitel eines Romans wurden nach solchen Gesprächen umgearbeitet, andere neu eingefügt.
Ich schreibe ja selber gern, brauche dazu aber Substrat, nämlich mangels eigener Phantasie, über die Freund Herbert in so überreichem Maß verfügte. Zwei Monate vor seinem Tod reiste er mit Frau und Tochter auf eine Woche nach Barcelona. Am Nachmittag vor der Abreise rief er an: »Stell dir vor, beim Kofferpacken ist mir eben eine nette Kurzgeschichte eingefallen. Ich habe sie sofort aufgeschrieben und schicke dir das zum Reinschreiben. Hat Zeit, wie immer.« Es war die »Fafner«-Glosse über eine Begegnung, 1964, im Bayreuther Wagner-Archiv.

»… hat Zeit, wie immer…«, auf Herbert Rosendorfer traf das nicht mehr zu. Zwei Texte kamen noch zur Reinschrift, eine Rezension der Aufführungen beim Rossini-Festival in Pesaro und, eine Woche vor seinem Tod, »The blind lady«, ein kurzer Text über ungeahnte Möglichkeiten der Anglisierung auch der Juristensprache.

Seine Tätigkeit als Richter betrachtete Herbert Rosendorfer nicht als Brotberuf, er war gerne Richter, betonte auch immer wieder, dass er die mit dem festen Beruf verbundene Sicherheit brauche. Dass sein Hang zu kauzigen Formulierungen auch in manchen seiner Urteilsbegründungen durchschien, erfuhr ich vor einigen Jahren bei einer zufälligen Begegnung mit einem Staatsminister vom deutschen Auswärtigen Amt. Als ich hörte, dass er im Zivilberuf Staatsanwalt in München war, lag die Erwähnung des Namens Rosendorfer nahe. Amüsiert erzählte mir mein Gesprächspartner, dass die Münchner Staatsanwaltschaft bei Urteilen des damals jungen Strafrichters Rosendorfer ihre Rechtsmittelfristen regelmäßig zur Gänze nützte, nicht wegen Schwierigkeit der Materien, sondern weil selbst solche Staatsanwälte, die mit dem betreffenden Fall gar nichts zu tun hatten, die bei aller juristischen Korrektheit mit witzigen Rosendorferischen Sarkasmen gespickten Urteilsbegründungen sich nicht entgehen lassen mochten.

Beiderseitige Faszination von historischen Zusammenhängen, weitgehende weltanschauliche Übereinstimmung, große Liebe zur Musik – freilich recht einseitig auf sogenannte E-Musik beschränkt ... die Gesprächsthemen gingen Herbert und mir nicht aus. Überhaupt: Musik in Rosendorfers Werk. Es fällt auf, dass kaum irgendwo ein Bezug dazu fehlt, kenntnisreich immer, Modetorheiten entlarvend, Scharlatanerie verachtend. Der große György Ligeti, wahrlich kein Schmeichler, hat es erkannt und in einer »Hommage à Herbert Rosendorfer« bestätigt (siehe *Der Traum des Intendanten*, eine von Karl Schumann besorgte Sammlung zu Rosendorfers 50. Geburtstag, 1984). Beim deutschen Feuilleton hat Rosendorfer sich kaum Freunde gemacht. Wie denn auch, wenn da einer über »moderne« Opernregie schreibt: »Wann hören die mißmutigen Schlappenseiche auf, den abgestandenen gesellschaftskritischen Achselschweiß in die Zuschauerräume zu verdunsten?« oder: »In Deutschland muß man ja gewärtig sein, in der Oper keine Oper vorgesetzt zu bekommen, sondern Psychologie. Schlimmstenfalls Politik.«
Nach einem gemeinsamen Besuch des sonntäglichen Hochamts im Wiener Stephansdom stellten wir fest,

dass eine Mozart-Messe doch sehr beim Beten hilft. »Mozart – die Zentralsonne« – Herbert ist meiner Frage ausgewichen, ob dieser schöne Vergleich ihm oder Karl Schumann eingefallen war. Neben solchen Festpunkten kann musikalischer Geschmack natürlich gewissen Änderungen unterworfen sein. Nach seiner frühen Verehrung für Bellinis Musik bei gleichzeitiger Skepsis gegenüber Wagner haben sich im Laufe der Zeit die Gewichte um einige Grade zugunsten des Bayreuther Meisters verschoben. Ob da ein paar Einladungen Wolfgang Wagners zum Tee in die Villa Wahnfried hilfreich waren? So viel Eitelkeit darf jedem zugestanden werden. Für meinen Teil hielt ich irgendwann bei einem Gespräch über Musik das Adagio aus Schuberts C-Dur-Streichquintett allem anderen entgegen. Geeinigt haben wir uns dann auf *»O don fatale…«*, die große Eboli-Arie aus Verdis *Don Carlo*, von der Herbert meinte, für diese eine Arie gäbe er ganze Opern hin.

In einem Wiener Kellertheater wurden in den sogenannten Nullerjahren etliche Rosendorfer-Komödien uraufgeführt. Es wäre übertrieben, auf diesem Gebiet die Stärke des Autors zu sehen. Vielleicht wusste er es und versuchte es eben deshalb immer wieder? Andere Versuche liegen meines Wissens bis heute unaufgeführt im Nachlass. Sehr wohl erfolg-

Herbert Rosendorfer hatte viele Leidenschaften – Zeichnen war nur eine davon.

HR

Café
HR

reich waren im Laufe der Jahrzehnte etliche Drehbücher für *»Tatort«*-Sendungen des deutschen Fernsehens und Ähnliches. Irgendwann meinte ich zu Herbert, es sei doch schade um diese Arbeiten, man sollte sie, zu Erzählungen umgearbeitet, in Buchform publizieren. Daraus wurde *Die Nachmittage des Oberstaatsanwalts*.

Zu den Uraufführungen in Wien ist Rosendorfer meistens angereist und kombinierte das mit Lesungen in Buchhandlungen oder bei der berühmten Österreichischen Gesellschaft für Literatur. Er wohnte dann regelmäßig in unserem Gästezimmer, praktisch auch durch die sehr zentrale Lage, nur zwei U-Bahn-Stationen zum Stephansplatz. Und kombinierte die gepflegte Wiener Hausmannskost meiner Frau (Hauptsache für Herbert: Frittatensuppe!) mit den exquisiten Genüssen des Restaurants »Zum schwarzen Kameel« im Wiener Stadtzentrum. Frau Dr. Sinhuber, die Leiterin des Wiener Amalthea Verlags, hatte ihn mit ihrer Freundin, der Seniorchefin des »Schwarzen Kameels« und selbst eine begeisterte Rosendorfer-Leserin, bekannt gemacht. Ich erinnere mich an einen Abend, als Freund Herbert ziemlich geschafft aus Bozen in Wien ankam. Er hatte sich unterwegs gründlich den Magen verdorben. Meine Frau steuerte mit einer Haferschleimsuppe dagegen, so gut es ging. Als Herbert sich am folgenden Morgen für das häusliche Mittagessen entschuldigte – da sei er im »Schwarzen Kameel« verabredet –, zweifelten wir, ob er dort notfalls mit Haferschleim rechnen dürfte. Er leitete unsere Zweifel besagter Restaurantchefin weiter und erfuhr, man könne ihm »selbstverständlich« Haferschleimsuppe anbieten, würde sie aber gegebenenfalls mit … einem Schuss Champagner verfeinern.

Bei einem dieser winterlichen Besuche in Wien bat ich den damaligen Abt des Zisterzienserstiftes Heiligenkreuz im Wienerwald, das Herbert noch nicht kannte, uns einen möglichst qualifizierten Führer durch das ehrwürdige Kloster zu empfehlen. »Für solche Interessenten übernehme ich das selber«, antwortete Abt Gregor und entließ nach einer guten Stunde einen sehr beeindruckten Herbert Rosendorfer. In einem anderen Jahr fuhr ich mit ihm nach Klein-Mariazell, einen über Niederösterreich hinaus kaum bekannten Wallfahrtsort im südlichen Wienerwald. Zu Kriegsende gründlich devastiert, war das kleine Juwel samt der vollständig erhaltenen bildnerischen Ausgestaltung durch Johann Wenzel Bergl erst vor Kurzem wieder instand gesetzt worden. Es war der Tag des Konklaves nach dem Tod von Johannes Paul II., und Herbert und ich überlegten auf der Heimfahrt, wie der neue Papst sich wohl nennen werde. Herbert scherzte, »Kevin I.« käme wohl weniger infrage. Ich hielt dagegen, dass heute Europa mehr noch als die sogenannte Dritte Welt der Missionierung bedürfe – und der Patron Europas sei der heilige Benedikt … Am späten Nachmittag, wir saßen zu Hause beim Tee, kam die Nachricht von weißem Rauch über der Sistina. Benedikt XVI.! – Herbert kannte ihn, hatte ihn, als er noch Präfekt der Glaubenskongregation in Rom war, besuchen dürfen. Das Gespräch – das Sekretariat des Kardinals hatte eine Viertelstunde bis zwanzig Minuten vorgegeben – dauerte dann laut Herbert über eine gute Dreiviertelstunde.

Herbert Rosendorfer war zweifellos religiös ein ernsthaft Suchender. Dazu gibt es einen sehr persönlichen, nicht zur Veröffentlichung geeigneten Briefwechsel. Es war nicht untypisch für uns beide, NB!, dass wir uns zu diesem heiklen Thema lieber schriftlich verständigt haben. Der alte Richter wusste aus seinen Urteilen und Urteilsbegründungen, der alte Diplomat aus seinen Berichten und Analysen, wo es auf sprachliche Genauigkeit ankommt und wie sehr sie von einem einzigen Wort, manchmal sogar von einem richtig oder falsch gesetzten Komma abhängen kann. Abgesehen von immer wiederkehrenden Stereotypien – anthropomorphe Gottesschau: der Alte mit dem Bart, der Heilige Geist als Taube – ließ Herbert sich nicht davon abbringen, eine Reihe von Glaubenssätzen als wissenschaftlich undenkbar abzutun. Die jungfräuliche Empfängnis sei vom ägyptischen Isis-Kult abgekupfert, die leibliche Aufnahme der Mutter Gottes in den Himmel schlicht ein Ding der Unmöglichkeit – »… wie stelle man sich das vor?« Überhaupt neigte er dazu, Unterstützung seiner religiösen Thesen zu suchen, wo immer er sie zu finden meinte, inbegriffen die apokryphen Evangelien. Gelesen hatte er auch diese, wie überhaupt alle, die ihn kannten, immer wieder staunend vor der Frage standen, woher jemand, der neben seinem Hauptberuf noch als Schriftsteller, bildender Künstler und Komponist tätig war, die Zeit – und als alter Mann die Konzentration – zu derart ausufernder Lektüre fand. »Ich habe das *Kapital* zur Gänze gelesen, ich habe Augustinus' *De Civitate Dei* zur Gänze gelesen …«, pflegte er zu sagen, und noch einiges mehr von den »Sachen«, die *man* kennt, ohne sie je gelesen zu haben. Irgendwann, er hatte wieder einmal so ziemlich alles Übersinnliche als undenkbar abgetan, fragte ich ihn gradeheraus, ob er nie daran gedacht habe, zum Calvinismus überzutreten. Das traf ihn ziemlich hart, er kam wiederholt darauf zurück, meinte irgendwann, bei allem Protestantischen fehle ihm die ästhetische Komponente, die für ihn zum religiösen

Leben dazugehöre. Da waren wir dann auch wieder bei der Kirchenmusik, und der so skeptische Herbert Rosendorfer räumte durchaus die Möglichkeit ein, Übersinnliches hin oder her, dass Mozart und Schubert in ihren kirchlichen Werken zumindest stellenweise unter dem Diktat von Engeln und für Engel komponiert hätten. Beim *»Incarnatus«* in Schuberts Es-Dur-Messe waren wir dessen eigentlich sicher.

Eine ganze Reihe teilweise sehr ernster Krankheiten, die ihm in seinem letzten Lebensjahrzehnt nicht erspart blieben, haben Herbert Rosendorfer intensiv über die letzten Dinge nachdenken lassen. Zu Lebzeiten hat er damit kein Ziel erreicht.

Artur von Schuschnigg
im Juni 2013

DIE LETZTE REISE: BARCELONA – DIE LEICHTE STADT

Warum Barcelona? Im Nachhinein fällt es schwer zu sagen, warum wir diese Stadt als Reiseziel wählten. Der Gedanke, dass es die letzte Reise zu dritt sein könnte, war nie in voller Härte da – die Entscheidung wurde also nicht als eine »schwerwiegende« getroffen. Würde man anders entscheiden, wenn man wüsste, dass dies die letzte Reise ist? Fiele die Entscheidung nicht unendlich schwer? Ein unerträglicher Gedanke eigentlich. So tun, als sei nichts, das schafft Leichtigkeit, die Fähigkeit zu fast ungetrübter Freude. Barcelona, die Stadt der Leichtigkeit.

Bei aller Gelassenheit macht sich die körperliche Schwächung Herberts doch stark bemerkbar. Dennoch erweist sich Barcelona als ideale Wahl. Was in anderen Städten oftmals zum Martyrium wird, fällt in dieser zwar quirligen, aber ebenso gemütlichen Stadt weg: der Mangel an Sitzgelegenheiten, der den völlig erschlagenen Touristen in seiner Verzweiflung in die strategisch perfekt platzierten und maßlos überteuerten Cafés taumeln lässt. Barcelona ist voller Bänke, überall stehen sie. Offenbar möchten auch die Einheimischen die Möglichkeit haben, jederzeit »zusammenbrechen« zu können und im Schatten eines Baumes sitzend innezuhalten. Wir sind alle drei verzaubert vom Charme dieser Stadt. Herbert ist sichtlich glücklich, dankbar, erfreut sich an jeder Ecke der Dinge. Dass es auch in Barcelona, wie in Rom, Kirchen gibt, dürfte einleuchtend sein. Doch steht hier eine, die die Bezeichnung »überirdisch« verdient hat. Man kann nicht anders, als dies als architektonisches Wunder zu bezeichnen. So gewaltig und filigran zugleich – die Sagrada Família nimmt einen gefangen mit ihrem Lichtzauber, ihren weißen Verästelungen, die wie gezogenes Baiser anmuten. An diesem nicht im kirchlichen Sinne heiligen Ort gehen einem die Gedanken an das, was bevorstehen mag, intensiv durch den Kopf. Mir ist bewusst, dass es uns dreien so ergeht.

Einen weiteren Moment des Innehaltens, ein schmerzhaft berührendes Bild erleben wir in einem winzigen Museum, das sich dem Jugendstil widmet. Die Zusammensetzung mutet willkürlich, ja fast chaotisch an. Bilder, Möbel, Skulpturen, Glas. Unter alldem die

Marmorskulptur einer Frau, ein Akt, den Kopf nach unten gebeugt in die Hand gestützt. Die Trauer ist offensichtlich. Es ist wie ein harter Blick in die unabwendbare nahe Zukunft. Ich stehe da wie vor einem Spiegel, der Anblick schmerzt. Auch Herbert verweilt. Das Foto der Skulptur stellt er ein paar Tage später auf seinen Schreibtisch. Ein paar Wochen später benutze ich es für die Trauerkarte. Was aber bleibt, sind die Erinnerungen an die Stadt der Leichtigkeit.

Marmorskulptur im Jugendstilmuseum/Barcelona

DER LETZTE FRÜHLING – »HEIL DIR, LEUCHTENDER TAG!«

Anfang März 2012. Krankheit und Chemotherapie setzen Leib und Seele zu. Während sich die Sonne Tag für Tag ein wenig früher über den scharf gezeichneten Konturen der Berge erhebt und Licht und Wärme den Winter brechen, bewegt sich Herbert in einem Auf und Ab zwischen fast euphorischer Hoffnung und dem Blick auf ein nahes Ende, doch niemals schwermütig. Jeden Morgen wartet er auf das Schauspiel des Sonnenaufgangs, auf den Moment, in dem das gleißende Licht den Berg in einen Schattenriss verwandelt, um den Tagesanbruch zu verkünden. Herbert empfindet den beginnenden Frühling mit tiefer Ergriffenheit. Ausgerechnet Wagner ist es, der ihm, dem Liebhaber Verdis und Rossinis, dabei immer wieder in den Sinn kommt – Brünnhildes Erwachen. Die Dankbarkeit, wieder einen Tag begrüßen zu dürfen. Oft ruft der Anblick eines aufbrechenden Astes, einer Blüte Gefühlsausbrüche hervor. Die Anzeichen beginnenden Lebens, das Werden, der ewige Kreislauf beschäftigen das Gemüt mit geballter Intensität. »Heil dir, leuchtender Tag!« – Zeit zwischen Hoffen und Bangen.

Aquarell (Herbert Rosendorfer, 1989)

ABENDMAHL

Eine Woche vor dem Tod, vor dem an diesem Abend in keiner Hinsicht absehbaren Ende, möchte Herbert Kaiserschmarren essen gehen. Wir fahren in den Girlaner Hof, wie unzählige Male zuvor, dort fühlen wir uns wohl, »wie zu Hause«. An »unserem« Tisch sitzen überraschend Freunde von uns. Herberts bester Freund Heinrich und eine gute gemeinsame Freundin. Sie sind dort, im Gegensatz zu uns, nicht so oft, umso größer ist die Freude, sie anzutreffen. Der Abend ist überaus fröhlich, wir essen und plaudern bei einem Glas Wein. Ungewöhnlich ist einzig die Menge Kaiserschmarren, die Herbert isst. Wir staunen, er ist richtiggehend stolz, die Riesenportion bewältigt zu haben. Er ist sich sicher, dadurch wieder zugenommen zu haben, und freut sich schon auf ein Lob der Ärztin. Dass der prachtvolle Kaiserschmarren sein letztes richtiges Mahl sein sollte, ahnt an diesem Abend niemand.

VESPERGESPRÄCHE II: EINE FREUNDSCHAFT

Gibt es einen täglichen Jour fixe? Eine Heure fixe quasi? Halb sechs Uhr abends, die Stunde eines nahezu täglichen Rituals zweier Freunde. Um diese Zeit kam man bei einem Glas Wein zusammen, um für eine Stunde zu parlieren, Alltägliches und Philosophisches zu besprechen. Es begann im Jahr 2003, nachdem Herbert abgemagert und geschwächt durch etliche Komplikationen einer Operation nach Hause zurückgekehrt war. Seine Familie und Freunde hatten zwei Monate um sein Leben gebangt, nun war er wieder da, zurück in Eppan, in seinem geliebten Südtirol. Körperlich und seelisch angeschlagen – der Tod hatte sich sehr nahe zu ihm gesellt. Er war ihm noch ins Gesicht geschrieben, doch auf dem Rückzug. Das Leben hatte gewonnen, diesmal.

Die Sorge um den so schwer erkrankten Freund wandelte sich in Freude über die Genesung, darüber, dass der Freund wieder da war, nicht verloren. Schon bald nach dem Umzug nach Südtirol hatte sich eine tiefe Freundschaft mit Heinrich von Mörl entwickelt. Vieles verband die beiden: das Interesse an Musik und Literatur, der Humor und auch das Ernste oder das Pflegen von Traditionen. In den Wochen der schweren Erkrankung fuhr Heinrich immer wieder nach München, um nach dem so lieb gewonnenen Freund zu sehen. Als Herbert wieder daheim in Eppan war, besuchte Heinrich ihn dort. In diesen Wochen der psychischen Labilität, geprägt von Ängsten und oft von Niedergeschlagenheit gezeichnet, war die Feinfühligkeit des Freundes Balsam für die angeschlagene Seele.

Doch mit der völligen körperlichen Genesung ging eine nahezu überbordende Lebensfreude einher. Die allabendlichen Gespräche, nebst der Einverleibung von Rebensaft, wurden in den Tschindlhof verlegt, Heinrichs Zuhause und gleichzeitig ein zauberhaftes Hotel. Dort saß man, im Sommer oft im verwunschenen Garten unter schattigen Bäumen oder sonst in Heinrichs im wahrsten Sinne des Wortes guter Stube.

In einem Gespräch mit Paul Sahner und mir erinnert sich Heinrich von Mörl an die tiefe Freundschaft. Heinrich ist sichtbar getroffen vom Verlust des Freundes. Plötzlich ist ihm ein Gefährte entrissen, ein Wegbegleiter kommt nicht mehr wieder, das Gespräch ist verstummt.

Nach Herbert Rosendorfer habe man sozusagen die Uhr stellen können. Jeden Abend gegen halb sechs kam sein Anruf, in dem er knapp sagte, er fahre jetzt los. Jeder Außenstehende fragt sich bei einem über so viele Jahre gehenden Ritual, was man sich da jeden Tag zu sagen habe. Freilich könnte man dies auch jedes Ehepaar fragen. Besprochen wurden die Angelegenheiten des »Kultur Kontaktes Eppan«, dessen Vorsitz Heinrich innehat. Herbert leistete seinen Beitrag, indem er Kontakte zu Künstlern wie Gerhard Polt herstellte, aber er trug auch völlig selbstverständlich Plakate im Dorf aus.
Über was habe man außerdem gesprochen? War in den Zeiten der Krankheit oder in den letzten Monaten der Tod ein Thema? Nein, diese Themen waren tabu, sagt Heinrich von Mörl. »Darüber haben wir nie gesprochen, genauso wenig wie über Frauen.« Den Tod habe man außen vor gelassen, weil er ein, verständlicherweise, unerfreuliches Thema war. Zudem hätte dies die Leichtigkeit, die Freude am Beisammensein getrübt. Unnötig getrübt. Auch die Religion war selten ein Thema, hier gingen die Mei-

nungen zum Teil auseinander. Und ein Diskurs war nie Sinn und Zweck der freundschaftlichen Zusammenkunft. Man machte seine gepflegten Witze über die Lokalpolitik und die Kirche.
Vor allem jedoch verband die beiden Männer die Liebe zur Musik und zur Literatur. Hier gab es den gleichen Boden, hier entsprangen der Geist, die philosophische Haltung denselben Quellen. Hier sogen die Freunde ihr Elixier aus denselben Wurzeln. Dies ist das Kostbare einer Freundschaft: dass man sich blind versteht, sich nicht erklären muss oder gar rechtfertigen. Die Abende waren stets entspannt, ließen den Tag gemächlich ausklingen. Nur eines ließ Herbert Rosendorfer nervös auf die Uhr sehen: die Angst, Günther Jauch zu verpassen. Diese Leidenschaft nahm der Freund mit einem Lächeln hin.

Manchmal kam man auch in feierlicher Atmosphäre auf Schloss Korb zusammen, saß auf der Terrasse beim Veneziano und genoss das spektakuläre Panorama der eigenen Heimat, oder man verweilte zum Frühschoppen im »Seegarten« in Kaltern. Ab und an gesellten sich zwei weitere, überaus gute und wahre Freunde hinzu: Bernardo Zanghi, der Patenonkel Cosimas, und Dieter Waldthaler, Lilos Ehemann. Doch kamen sie, mehr aus Vorsicht, nicht zu oft, so als wollten sie die »Ehe« der beiden nicht gefährden.

Bis zum Schluss trafen die Freunde einander zur Abendstunde, immer von einem nächsten Tag ausgehend. Immer mit einem »Bis morgen« zum Abschied. Auch einen Abend vor dem Tod ahnte niemand, dass man einander zum letzten Mal gesehen haben sollte. Der Schlag kam plötzlich, trotz Krankheit unerwartet. Der Baum des Lebens schnell und endgültig gefällt. Zurück bleiben Freunde, die stets da waren, verständnisvoll, geduldig, voller Humor und Liebe. Merci.

Der Bundespräsident Berlin, im September 2012

Sehr geehrte Frau Andreae-Rosendorfer,

die Nachricht vom Tode Ihres Mannes erfüllt mich mit großer Trauer.

Mit seinen Romanen und Theaterstücken hat uns Herbert Rosendorfer den Spiegel vorgehalten. Sein Blick als Schriftsteller und Regisseur auf gesellschaftliche Verhältnisse war unbestechlich und genau. Was Ihr Mann als Richter im juristischen Alltag erlebte, fand – oft satirisch zugespitzt – den Weg in seine Schriften.

Ihr Mann war davon überzeugt, dass Literatur Werte wie Freiheit, Toleranz und Menschlichkeit transportieren kann. Seine Romane und Erzählungen vermochten das auf wunderbare Weise!

Auf immer unvergessen werden die Abenteuer des chinesischen Mandarin Kao-Tai bleiben, der tausend Jahre in die Zukunft reist und dabei versehentlich in Bayern landet. Welch' Glück für uns Leser!

Kondolenzbrief des Bundespräsidenten Joachim Gauck

In dieser schweren Zeit wünsche ich Ihnen viel Kraft und die Gemeinschaft mit Menschen, die Ihnen mit Trost und Hilfe zur Seite stehen und für Sie da sind.

Mit stillem Gruß

Ihr

Joachim Gauck

TRAUERREDE

Ja, sofort würde er nach Südtirol zurückkehren! Ein Ausruf war's, 1985, als ich Herbert Rosendorfer in seinem Haus südlich von München besuchte und ihn, den Ausgewanderten und doch Zugehörigen, bei einem langen Gespräch für einen Essay persönlich kennenlernte.

Zwölf Jahre später war er zurückgekommen, und es war eine Heimkehr aus der Überzeugung, er gehöre halt einfach hierher, geboren am 19. Februar 1934 in Bozen-Gries, getauft in dieser Kirche, immer die Vision der Mutter im Kopf: »Ich geh zu Fuß nach Bozen!«
1997 also: der Blick des Pensionisten Rosendorfer, noch von der Girlaner Terrasse, ein wenig skeptisch, ob das denn wirklich gelingen werde mit dem Heimischwerden in dem so früh – mit vier Jahren! – verlassenen Land. Der Vorsatz, bedacht vorzugehen, sich nicht einzumischen, nur zu beobachten.

Und 2004, zum Siebzigsten, da war's gelungen: Herbert Rosendorfer war – bis hin zum privaten Briefstempel – daheim angekommen, im Eppaner Reinspergweg und sonst auch, gab Werkmanuskripte, Korrespondenzen, Lebensdokumente und Sammlungen als Teil-Vorlass der Südtiroler Landesbibliothek: »Weit mehr zurückgekehrt, als ich vorher gemeint hatte!«, sagte er. Auch die Festschrift zum 70. Geburtstag erschien in einem Südtiroler Verlag, herausgegeben vom Südtiroler Künstlerbund, dessen langjähriges Mitglied und Ehrenmitglied er war.
Als Dank für einen Textbeitrag erhob er mich in seiner peniblen Blautinten-Handschrift zur »Weggefährtin«, eine Art Freundschaft und gegenseitige Wertschätzung bezeichnend, die nicht der ständigen, ja nicht einmal der häufigen Präsenz bedurfte.

Zuletzt gesehen haben wir uns im August bei einer Theaterpremiere im Unterland, danach erzählte er mir von *seiner* liebsten Inszenierung der *Minna von Barnhelm*, aber bei der Nachfeier saßen wir uns sehr diagonal gegenüber und konnten nicht viel reden, er aß ein paar Bissen vom frischen Plent, schaute bald nach seiner Mitfahrgelegenheit aus und verabschiedete sich. Es war ihm anzusehen, dass es ihm nicht gut ging. Aber seine Noblesse ließ ihn kein Wesen daraus machen. Allenfalls wies er auf eine eben laufende Chemotherapie hin, um zu begründen, warum er beizeiten heimgehe oder – er, der so verlässlich am Südtiroler Kulturleben Teilnehmende – da und dort nicht gewesen sei. Aber so wie bei diesem letzten Mal mag ich ihn nicht in Erinnerung behalten. Anders also.

Er war ja einer mit einem besonderen Verhältnis zur Realität, hoch qualifiziert dafür durch ein Leben als Richter ebenso wie durch ein Leben als Schriftsteller. Er betrachtete sich als einen Vertreter der realistischen Literatur, der in *surrealistischen* Geschichten – *realistisch* schreibe. Der Surrealismus, sagte er, sei ja auch ein Realismus, gerade der. Und: »Ich bin Surrealist, auch in meinen Zeichnungen, gerade da.«
An einen Höhepunkt (auch im Wortsinn) des Rosendorferischen Schreibens erinnere ich mich gern: Da war er, Juni 1999, der Rezitator seines satirischen Monologs *O Tyrol! oder Der Letzte auf der Säule* in der Kommende Lengmoos am Ritten, so hoch über dem Publikum, wie die Saaldecke es gerade noch erlaubte, nicht gerade auf der Säule des Styliten, aber auf einem Leseturm aus Podium, Tisch und Stuhl, von wo aus er die Philippika des Tiroler Asketen Simeon Zingerle herabschleuderte, wobei sich das Publikum drunten damit trösten konnte, dass der Autor auf Südtirol mit einem freundlicheren Auge

zu blicken pflegte als auf das Kitzbühelige Nordtirol, in dem er einen Teil seiner aufmüpfigen Jugendjahre verbracht hatte, bevor er zu Kunst- und Rechtsstudium und zum Beruf in München einwuchs.

Gelegentlich hat er übrigens auch gern eine surrealistische Aktion in Gang gesetzt, um dann zu beobachten, wie die Verwalter der Realität damit umgehen: etwa bei seiner Erfindung der Fortuna-Verkehrs-GmbH zur Einrichtung eines Sänften-Taxidienstes in der Münchner Innenstadt – in Form eines Antrags durch einen Strohmann an das Münchner Verkehrsreferat, das dadurch aber in arge Verwirrung geraten sei, sodass er den Antrag nach ein paar Tagen wieder zurückgezogen habe.

Er habe überhaupt kein Problem damit, wenn man ihm »erlogene Wahrheiten« zuschreibe, ja, er bekenne sich sogar dazu, Wahrheiten zusammenzulügen. Das sei sein *Spiel*, seine Kunst. Er hätte das auch noch viel philosophischer sagen können (das enzyklopädische Wissen dazu hatte er), aber meistens berief er sich bei diesem Thema einzig auf Johan Huizinga, um *sein* Spielen kulturtheoretisch abzusichern, und er beherrschte es virtuos, konstruierend und erzählend auf dem höchsten Niveau der kunstvollen Verschachtelung. Und das zur Freude seiner Leser, unter die sich einreihend der österreichische Schriftstellerkollege Herbert Eisenreich schon nach dem Erscheinen des ersten großen Rosendorfer-Wurfs *Der Ruinenbaumeister* (von 1969) meinte: »… endlich wieder einmal ein Buch, bei dem man als Leser zwar der Gefoppte, gewiß aber nicht der Geprellte ist«.

Herbert Rosendorfer war aber nicht nur ein haarscharfer Erfinder, sondern auch ein scharfsichtiger Beobachter von Wahrheit: in den beiden Zuständen der erlogenen Wahrheit und der behübschten Lüge. Da spielten seine beiden Berufe, Richter und Schriftsteller, wunderbar in- und miteinander.
Gegen die Leut', sagte er mir, sei er sehr allergisch und glaube ihnen kein Wort. (Ich meine mich sogar zu erinnern, dass er für sich das wunderbare bayerische Epitheton eines »Grantscherbn« verwendete, der er im Grunde sei.)
Aber es solle ein Richter eben ein gewisses Misstrauen nicht nur gegen seine rechtsuchenden Parteien, sondern auch gegen das Gesetz haben, gegen die eigene Sphäre, und er habe auch einmal geschrieben, das Wort »Gerechtigkeit« komme in der Gesetzessammlung des Schönfelder nicht einmal vor. Jedenfalls lerne man als Jurist schon ganz am Anfang, dass man nie nur den *einen* zutreffenden Paragraphen lesen solle, sondern auch den davor und den danach. Aber er sei als Richter sehr gut im Vergleiche-Her-

beiführen gewesen. Ein Kompromiss sei ja immer dem Rechtsfrieden am dienlichsten.

Einen Vergleich hat er gewissermaßen auch zwischen seinen beiden Berufen herbeizuführen verstanden. So hat er schon in den 80er-Jahren in einer grundsoliden Abhandlung im *Rechtshistorischen Journal* an prominenten Beispielen erklärt, dass die juristische Berufspraxis sich direkt proportional zur literarischen Produktion verhalte: Sebastian Brant und Goethe, E.T.A. Hoffmann und Kafka, Novalis und Storm und Tucholsky – lauter untadelige Juristen. Und gar Eichendorff und Grillparzer! Aber diese beiden seien nach der Pensionierung, als sie endlich Zeit und Freiheit gehabt hätten, verstummt. Und so wie Eichendorff in einem Brief die Jurisprudenz die Lebensretterin des Musensohns genannt habe, den Schutzschild gegen den »poetischen Rausch«, so habe auch er immer empfunden und keinen Moment daran gedacht, nach der Pensionierung als Richter mit dem Schreiben aufzuhören. Aber in seinen aktiven Zeiten habe er sich durch seine Beamtenpflicht gezwungen gefühlt, nur das zu schreiben, was unbedingt notwendig war.
Es entzückt seine Leser und Verleger, erstaunt seine Erforscher und Bewunderer, entrüstet manche seiner Rezensenten, wie viel da »unbedingt notwendig« war.

Und dann setzte er sich auch noch ein Dutzend Jahre lang hin und schrieb für sich selber in sechs Bänden eine *Deutsche Geschichte* – als *seine* Geschichte der deutschsprachigen Länder. »Das ist das, wo ich herkomme, und das will ich wissen«, sagte er, aber er sei sich nicht sicher, ob es wichtig sei, dass er das nun gegen das Ende seines Lebens wisse – und mit ins Grab nehme. Er habe ja sogar einmal eine Geschichte geschrieben, in der einer buchstäblich in der letzten Sekunde zu einer Erkenntnis kommt. Und solch eine Erkenntnis, fand er, sei es auch, endlich zu wissen, was einem mit dem schieren *Leben* geschenkt worden sei.
Die andere wichtige Erkenntnis des letzten Moments, jene, wie das Sterben geht, hat er uns nun voraus, und das ist der eigentlich surrealistische Moment: diese Erkenntnis nicht mehr mitteilen zu können.

Es beginnt nun also jene Zeitspanne zu laufen, die er einmal als das Ziel seines Ehrgeizes benannt hat: ein Buch zu schreiben, das man vielleicht in 100 Jahren noch kennt. Weil – es sei halt der Traum des Menschen, sein eigenes Leben über den Tod hinaus zu verlängern, also die Hoffnung, dass etwas – wenigstens eine Zeit lang – übrig bleibe. In diesem Sinne sei er auch neidisch auf Mozart. Aber dabei lachte er. Er sei ja so froh, dass es Mozart und Schubert und

Wagner – und sie alle! – gebe, und die Musik überhaupt, jedenfalls das, was er »geordnete akustische Phänomene« nannte: Musik, die er nicht nur hörend zu analysieren, sondern auch zu komponieren verstand.

Und er hat nun wohl auch Antwort bekommen auf die eigentliche, die skeptische Bitte seines Lebens: »Lieber Gott, ich bitte dich, dass es dich gibt!«

Mein Mitgefühl seiner Familie, seinen Angehörigen und Freunden, allen, die ihn vermissen!
Inga Hosp

Inga Hosp hielt diese Rede anlässlich der Trauerfeier in der Stiftspfarrkirche Gries am 28. September 2012. Die 1943 in München geborene Publizistin und Herbert Rosendorfer verbanden vor allem die Liebe zur Literatur und die vielen gemeinsamen Begegnungen im Südtiroler Kulturbetrieb. Herbert Rosendorfer schätzte die Arbeiten und das Wissen von Inga Hosp überaus. Es war sein Wunsch, dass sie seine Trauerrede halten sollte. Diesen Wunsch und die damit verbundene schwere Aufgabe erfüllte Inga Hosp mit größtem Feingefühl. Hierfür danke ich von Herzen.

Julia Rosendorfer

Sterbebildchen, gestaltet von Herbert Rosendorfers Enkelin Laura Rosendorfer

Herbert Rosendorfer

* 19.2.1934 † 20.9.2012

Jeder Augenblick ist ewig,
wenn du ihn zu nehmen weisst.
ist ein Vers, der unaufhörlich
Leben, Welt und Dasein preist.

Alles wendet sich und endet
und verliert sich in der Zeit.
Nur der Augenblick ist immer.
Gib dich hin und sei bereit!

Wenn du stirbst, stirbt nur dein Werden.
Gönn ihm keinen Blick zurück.
In der Zeit muss alles sterben
aber nichts im Augenblick.

Konstantin Wecker

»Man möchte eigentlich gar nicht mehr aufhören zu lesen.« DIE ZEIT

Schwalben in Armagnac, Consommé Pelikan und flambierte Pferdeohren – das Gastmahl im Hause des Herrn von Thod illustriert die Vorliebe Herbert Rosendorfers für Skurrilitäten, Sonderlinge und exotische Schauplätze, die sein gesamtes erzählerisches Werk durchzieht.

Seine unglaubliche Fantasie und Fabulierlust kennzeichnen auch diesen Erzählband, in dem der Autor seine Geschichten nach Farben geordnet hat. So gibt es durchsichtige, weiße, blaue, rote, grüne, schwarze und gelbe Geschichten, die für innere und äußere Welten gleichzeitig stehen können. Dämonen und andere Fabelwesen mischen sich unter die Menschen, und der Leser folgt ihnen in aberwitzige und komische Situationen.

Herbert Rosendorfer
Ball bei Thod

352 Seiten, ISBN 978-3-7844-3261-8